10원짜리 동전 두개

그림이 있는 수필

10원짜리
서두석 첫번째 수필집
동전두개

한국문화사

10원짜리 동전 두 개

초판 인쇄 2008년 7월 25일
초판 발행 2008년 7월 30일

지 은 이   서 두 석
펴 낸 이   김 진 수
편   집   하 경 민
펴 낸 곳   한국문화사
등   록   1991년 11월 9일 제2-1276호
주   소   서울특별시 성동구 성수1가2동 656-1683번지 두앤캠B/D 502
전   화   (02)464-7708 / 3409-4488
전   송   (02)499-0846
이 메 일   hkm77@korea.com
홈페이지   www.hankookmunhwasa.co.kr

값 9,000원

ISBN 978-89-5726-576-5 03810

눈을 들어 산을 보니 나무들이 제 몸에다 분가루를 발라 화장이라도 한 듯 뿌옇게 피어오른다. 그래서 이 산 저 산마다 녹음이 짙고 푸르다.

녹음이 짙어가는 계절에 하나님께서 나에게 글을 쓰게 하셨다.

나의 어린 시절과 목회자가 되기까지의 과정 그리고 내 삶의 진솔한 얘기들이다.

백두산 문학에서 수필부문 신인상으로 당선된 이후 처음으로 글로써 나의 이야기를 쓰게 된다. 사실 목회자로 작가로 두 가지 길을 다 걷는다는 것은 쉬운 일은 아니지만 틈틈이 하나님께서 지혜를 주시는 대로 적어 보았다.

이 글을 통해 많은 이들이 주님을 알게 되고 이미 신앙을 가진 독자들은 더 좋은 하나님과 관계로 거듭나길 바라는 마음이다.

여기 소개되는 책에서는 나의 이야기를 진솔하게 적어보려 노력하였다. 순간마다 하나님의 도우심이 아니면 어찌 내가 이 자리에 있게 될 수 있는가! 모든 것이 하나님의 은혜이다.

내가 부안읍 교회의 담임목사로 부임한 지가 벌써 만 십 년이 되었다. 햇수로는 십 일년째다. 당시 서른여덟의 나이에 전통이 오래되고 장년 성도만 오백여 명 이상이 출석하는 교회를 담임하기란 쉬운 일이 아니지만 하나님은 내게 순간순간 힘과 지혜를 주셔서 감당케 하셨다.

어릴 때부터 보게 하시고 듣게 하시던 하나님께서 때가 되니 부족한 사람을 사용하여 주심에 감사를 드린다. 이 책을 쓰면서도 받은 바 하나님의 은혜를 다시 곱씹어 볼 수 있는 계기가 되었다. 지나고 나니 하나님은 얼마나 오묘하시고 자상하시고 사랑이 넘치는 분이셨는가를 다시 깨닫게 된다.

나는 이 책이 독자들에게 읽혀질 때마다 오병이어의 기적이 일어나기를 고대한다. 많은 이들이 도전받고 새롭게 되어 하나님이 창조자이심을 발견하고 그 하나님께 영광이 돌려지기를 바라는 마음이다. 이 책이 비신앙인들에게는 하나님을 아는 계기로 사용되고 신앙인들에게는 도전을 주는 신앙 수필이 되었으면 좋겠다.

이 책은 그동안 내가 가장 많이 마음고생을 시켰던 아내에게 안겨주고 싶다. 사모의 길을 가노라니 할 말 다하지 못하고 묵묵히 참으면서 내 곁을 지켜주고 있는 아내에게(희자) 감사한다. 이 책에는 미술을 전공한 아내가 직접 그린 자연의 풍경들이 들어있다. 아름다운 꽃과 나무들을 통해 독자들의 마음에 쉼을 얻었으면 좋겠다.

아직은 철이 다 들진 안했어도 어떤 때는 철든 이야기로 나를 위로하는 세 아들에게 감사한다.

그리고 나를 길러 주시고 지금도 나를 위해 기도해 주시는 모친에게(김순례 권사) 감사드린다. 또한 사위의 목회를 위해 끊임없이 기도하시는 장모님(조은순 권사)에게도 감사드린다. 그밖에 관심과 배려를 아끼지 않는 나와 아내의 형제자매, 오늘의 나와 우리 가정이 있기까지 기도와 물질, 사랑과 관심을 가져주신 성도들에게 감사한다.

이 책이 하나님께 영광되고 독자들에게는 사랑받는 책이 되기를 바란다.

2008년 5월 부안 뜰에서
저자 서두석

제1부
10원짜리 동전 두 개

제2부
공원묘지(公園墓地)에서 생긴 일

10원짜리 동전 두개

이상한 물고기

　우리 집에는 이상한 물고기 세 마리가 있다. 얼핏 보면 금붕어 같으나 금붕어가 아닌 열대어이다. 막둥이 녀석이 하도 졸라대기에 한 마리에 오천 원씩이나 주고 사온 것이다.

　가게 점원 말로는 이 물고기는 열대어이기 때문에 추위를 조심하고, 물을 갈아 줄 때는 수족관 안에 있는 물을 다 퍼내지 말고 물고기와 함께 일부 물을 떠내고 난 뒤 청소하고 갈아주라는 것이 전부다.

　수족관이 세일 중이라 수족관도 사고 거기에 필요한 도구들도 챙겼다. 물고기 밥이며, 항생제며, 세균 전염 방지제도 샀다.

　점원은 봉지 속에 물고기와 산소를 넣어 주면서 "집에 가서 바로 수족관에 물고기를 넣지 말고 물의 온도가 올라가거든 넣어 주세요."라는 말도 잊지 않았다.

　집에 돌아와 수족관에 물을 받아놓고 한 시간쯤 지나서 물고기를 조심스레 수족관 안으로 방류했다. 아마도 물고기는 차에 실려 오는 동안 내내 죽으러 가는 것이 아닌가? 차의 요동이 이만 저만이 아니었기 때문에 불안했을 것이다.

　하지만 이제 물고기들은 자기네 세상을 만난 것이다. 유유자적 헤엄을

친다. 안도의 숨을 쉬고 있는 것이다.

막둥이 아들 녀석이 물고기에게 밥을 주자 물고기는 얼른 먹이를 향해 돌진한다. 얼마나 식탐이 많은지 주는 대로 먹어 치울 것 같다.

물고기 생김새를 자세히 보니 입 위에 뿔 같은 것이 돋아 있다. 배는 출산이 임박한 임산부처럼 배불뚝이다. 아이들은 물고기 세 마리에 각자 자신의 이름을 지어 붙였다. 제일 큰 물고기는 근원이, 색이 선명하고 야무진 물고기는 서원이, 먹이를 보면 느림보 거북이처럼 느린 해원이 물고기다. 아이들은 마치 물고기가 자신이나 된 냥 물고기를 바라보면서 신이 나 있다. 아이들이 물고기 이름을 잘 지어서인지 물고기 밥 먹는 광경을 보면 그 성격이 그대로 배어 있다. 큰 물고기는 첫째 근원 이를 닮아 자기가 좋아하는 음식이 나오면 대식가가 되어 밥을 닥치는 대로 먹어 치운다. 혼자 노닐기도 좋아한다.

둘째 서원이 물고기는 얌체다. 밥을 먹을 때도 잘도 찾아 뒤져 먹는다. 찾아 먹기 대장이다.

셋째 물고기 해원은 움직임도 느리고 밥도 어찌나 늦게 먹는지 따로 밥을 챙겨 주지 않으면 영양실조가 걸리게 될까 염려가 된다.

막둥이 물고기는 해원이를 닮아 지각을 해도 걱정이 없는가보다.

막둥이 아들 녀석은 학교에 늦어도 지금껏 서둘러 가는 것을 본 적이 없다.

"지각하니 서둘러 가라"하면 "후문으로 가면 된단다.", "지각하여 선도에게 걸리면 창피하니 어서 가거라"하면 휴지 몇 개 주우면 된단다. 걱정이 없어 좋다.

막둥이의 두둑한 배짱에 나와 나의 아내도 항복한 지 오래다.

막둥이 해원이 물고기는 어찌 그리도 주인님만 닮았는지 천하태평이다.

그런데 이상한 것이 있다. 나는 지금껏 48년을 살아왔지만 이런 물고기는 처음이다. 물고기가 주인을 알아보고 반기기 때문이다. 마치 강아지가 주인을 보고 꼬리치며 흔들며 무릎에 오르듯 우리 집 삼총사 물고기는 줄을 서서 반가워한다. 때로는 종대로도 서고, 때로는 횡대로도 선다. 사람의 소리만 들어도 물고기는 그렇게 말한다. "얘들아 주인님 밥 주시려나보다. 줄을 서 기다리자. 제발 밀지 좀 말아라. 내 비늘 벗겨질라." 이같이 말하는 것 같다.

유치원이나 초등학교에서 줄서기를 배운 적이 없어도 우리 집 물고기는 줄서기 대장이다. 사람만 지나가도 줄서기로 애교를 떨고 사람의 말소리만 들어도 "여기 저 물고기 봐 주세요 소리를 친다." 이제는 물고기 옆에 가기가 겁난다. 너무 꼬리쳐 흔들어대 물고기가 피곤할까 걱정이 되기 때문이다.

물고기를 정면에서 자세히 보니 펭귄 같다. 뒤뚱거리는 모습이며 목과 배 사이의 모습이 불룩하게 나온 모습 때문이다. 그래서 나는 펭귄 물고기라 이름 지어 부른다.

아마도 작년에 빨강 머리 앵무새 대신 우리 집에 주신 하나님의 선물 같아 좋다. 작년 이맘때에 빨강 머리 앵무새 한 쌍을 산 적이 있다.

그 때도 역시 막둥이 아들 녀석이 졸라대서 사 주었다. 새장이며, 새의 밥이며, 새의 놀이 기구까지 샀다. 그리고 현관 입구 잘 보이는 곳에 새장을 걸어 두었다.

처음 집에 왔을 때 앵무새는 너무나 귀엽고 활발했다. 그래서 막둥이의 온갖 총애를 받았다.

그런데 이것이 웬일인가? 하루도 가기 전에 앵무새는 점점 활력을 잃어가는 것이 아닌가?

불길한 예감이 들었다. 먹이 때문일까? 아니면 산소가 부족한 걸까?

하루도 못 넘겨 죽는다면 앵무새를 사 달라고 노래 부르던 막둥이의 허탈감은 이루 말할 수 없이 클 것이다. 이런 생각에 나는 아내와 함께 볕이 들고 바람이 드는 곳에 새장을 내놓았다. 앵무새는 너무 좋아서 서로 부비고 사랑을 속삭이는 것처럼 보였다.

그리고 30분 쯤 지난 후 다시 현관 안쪽에 들여 놓았다. 앵무새는 우리 집에서 첫 날밤을 맞이하게 되었다.

나는 잠자리에 들면서 "아이를 봐서라도 좀 더 살아줘야 할 텐데" 라는 생각을 하며 잠자리에 들었다. 다음날 새벽, 걱정은 현실이 되고 말았다. 앵무새 한 마리가 죽어 있는 것이 아닌가. 그것도 더욱 상대에게 사랑을 표현하여 활달해서 수컷인가 짐작했던 그 녀석이 먼저 죽음 앞에 쓰러진 것이다.

남은 한 마리라도 살려 보려 애써 보았지만 앵무새에 대한 사전지식이 없던 터라 남은 녀석마저 몇 시간 뒤 숨을 거두게 하고 말았다. 만 하루도 지나지 않아 앵무새는 주검이 되어 싸늘하게 식어버린 것이다.

안타까운 마음으로 앵무새를 앞마당에 묻어 주었다. 지금도 그때의 일을 생각하면 마음이 짠해 온다. 무지함으로 아까운 앵무새를 죽였으니 말이다. 하지만 앵무새에게서 삶의 교훈을 받았다. 죽음 앞에서도 서로를 보호해 주려는 보호 본능 말이다. 서로의 체온으로 서로를 녹여 주려는 그 따뜻한 정 말이다.

나중에 안 사실이지만 빨강머리 앵무새는 추위에 강한 것이 아니라 약해서 체온을 유지하지 못해 죽은 것임을 알게 되었다. 지금도 앵무새를 생각하면 미안하다. 그리고 우리 집 막둥이에게도 미안하다. 하지만 그 대신 펭귄 물고기를 보며 위로를 받는다. 펭귄 물고기에게 바란다. 펭귄 물고기야 "제발 오래 오래 살아서 우리 집 식구들에게 즐거움과 기쁨을 주렴."

국보(國寶) 제1호의 눈물

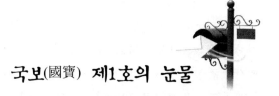

　며칠 전 국보 제1호 숭례문(崇禮門)이 불에 타 전 국민의 마음을 울렸다. 불에 탄 자신은 뜨거워 울었고 백성들은 아파하는 남대문(南大門)의 눈물을 보며 울었다. 말 못하는 기와며 목재라 해서 눈물이 없는 것은 아니다. 물론 그것들은 인생이 아니기에 참 눈물은 흘릴 줄 모른다. 하지만 인간들이 저지르는 죄와 폭력 앞에서 그것들은 눈물을 흘린다.

　로마서 8장 22절 말씀에 보면 '피조물이 다 이제까지 함께 탄식하며 함께 고통하는 것을 우리가 안다'고 했다. 피조물이 탄식을 한다는 것이다. 인간들의 욕심과 무자비함과 폭력으로 울고 있는 것이다. 인간들이 자기 배를 채우려고 방황하며 헤매고 있을 때 돌보는 이 없었던 가엾은 국보 1호는 울고 있었던 것이다.

　이 같은 숭례문의 눈물의 소식을 접한 신문과 매스컴은 연일 톱기사로 숭례문 화재 소식을 전했다. 소 잃고 외양간 고치기가 아닐 수 없다.

　차라리 화재가 나서 숭례문이 다 타 울기 전, 한발 앞서 연일 떠들어 댔으면 더 좋았을 것을 아쉬운 생각이 든다.

　아파트에는 경비원이 있고 또 공원에는 공원 관리가 있어도 국보는 지키는 이가 없었기에 눈물을 흘릴 수밖에 없었던 것이다.

지금 우리 주변을 둘러보면 울고 있는 것들이 너무 많다.

태안 앞바다는 환경오염으로 울고 있고, 태안 일대의 주민들은 예측하지 못한 생계 걱정에 울고 있다. 한때 내가 살고 있는 부안(扶安)은 핵 폐기장 건설에 반대하는 백성들의 눈물이 있었다. 정부가 부안의 실상을 깊이 헤아리지 못하고 일방적으로 밀어붙이는 바람에 백성들이 항거하다 흘린 눈물이다. 배우지 못한 자는 배우지 못한 한(恨) 때문에 울고 가난한 자는 가지지 못한 서러움 때문에 운다.

눈물의 의미는 무엇인가? 눈물의 의미는 두 종류가 있다. 하나는 기뻐서 흘리는 눈물이요 하나는 슬퍼서 흘리는 눈물이다. 기쁨의 눈물이 감동의 눈물이라면 슬픔의 눈물은 애통의 눈물이다.

지금은 대통령직 인수위가 출범하여 많은 것들을 준비하며 계획 중이다. 이제 새롭게 출발하는 정부는 우는 자들과 함께 울고 우는 자들의 편에서 일하는 정부가 되었으면 좋겠다. 그런데 어제 신문에 보니 새로 임명되어질 장관들의 재산이 공개되었다. 물론 그들이 노력해서 번 돈이겠지만 가난한 서민들은 이를 보고 또 한번의 눈물을 흘리지 않을까 걱정이 앞선다. 새로 일할 대통령이나 장관들은 정말 백성들이 눈물 흘리는 그곳에 마음이 있었으면 좋겠다.

하나님께서는 눈물을 흘리며 간구하는 자를 외면하지 않으신다.

아들을 낳지 못해 눈물을 흘리던 한나라는 여인의 눈물을 보고 아들을 안겨 주셨고, 죄인이라 고백하던 세리의 눈물을 보고 의롭다 하셨다.

그 뿐인가? 예수님을 부인하고 통회하는 베드로의 눈물을 보시고 회복시켜 주셨다. 오라비가 죽어 눈물 흘리던 마르다, 마리아의 눈물도 보시고 죽은 나사로를 살려 내셨다. "나사로야 나오너라." 예수님은 사랑의 음성으로 부르셨던 것이다. 이로써 나사로는 생명을 얻었고 살아나게 되었다.

죽은 나사로에게 기적이 일어난 것이다.

사람들은 죽음 앞에서 종종 눈물을 흘린다. 왜 흘리는 것일까?

살아 있을 때 좀 더 잘해 주지 못한 미련 때문인지도 모른다. 아니면 차디 찰 것 같은 땅속에 시신이 들어가니 불쌍해서인지도 모른다. 아니면 불에 타 화장되어 한 줌 재가 되니 허무해서 일 수도 있다.

얼마 전 나의 큰 누나도 교회의 권사로 신앙이 매우 돈독하여, 병을 이기고 좀 더 살 줄 알았는데 생명을 보장받지 못하고 하나님의 부름을 받았다. 하지만 죽음은 끝이 아니다. 슬퍼 눈물 흘릴 만한 일만도 아니다.

주 예수님을 믿으면 천국의 소망이 있기 때문이다.

바라기는 누나의 자녀된 조카들과 그 가족들이 예수님을 더 잘 믿었으면 좋겠다. 작년에는 둘째 매형을 하나님께서 부르셨다. 홀로 사는 누나 역시 눈물을 닦고 믿음의 승리자가 되기를 바라는 마음이다.

숭례문의 눈물을 보면서 감히 국가의 지도자들에게 할 말이 있다.

하나님께서 보신다는 사실 앞에서 정치하고, 백성들을 자기 가족처럼 돌보는 참된 지도자, 눈물을 아는 지도자가 되라고! 애통하는 백성들의 소리를 듣고 진실한 나라의 파숫꾼이 되어 숭례문과 같은 또 다른 눈물을 흘리지 않게 해 달라고!

10원 짜리 동전 두개

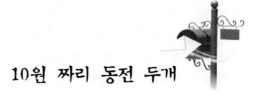

내가 교회를 처음 안 것은 초등학교 4학년 어린이 주일.

하늘색 스타킹에 반바지를 입고서다. 나의 바로 위 누나는 나보다 먼저 교회를 다니고 있었는데 웬일인지 내가 교회를 따라 가는 것을 그렇게 반기지 않았다. 창피했던 모양이다.

사실은 따라가는 것이 아니라 내가 자발적으로 가는 것인데 말이다. 누가 권해서가 아니고 내가 나가고 싶어 나간 것이다. 당시 어머니와 둘째 누나도 교회에 다니고 있었다. 내가 교회를 나가므로 우리 집 식구로는 네 명이 교회를 나간 셈 이었다.(출가한 첫째 누나는 제외하고)

내가 교회를 처음 나간 날은 교회 앞마당에 어린이들이 모여 주일 야외예배를 나가는 날이었다. 보물찾기며, 각종게임들을 준비하고 간식도 준비 한 것 같았다. 나는 한껏 마음이 부풀었고 야외에 소풍 나온 기분도 나쁘지 않았다. 또래 아이들과도 즐겼다.

다음 주일도 교회에 나갔다. 당시 조원신 전도사님이 시무하고 계셨고 말씀도 증거 해 주셨다. 이어 분반 공부를 마치고 선생님들이 율동이며, 동화며, 레크레이션이 있었다. 설교를 잘 들었는지 여부를 알기 위해 성경퀴즈도 냈다. 그때마다 나는 신이 났다. 퀴즈의 답을 알아맞히면 상을 받기 때문이다. 그런데 퀴즈가 너무 쉬워 집중만 하면 맞힌다. 교회 가는 것이 얼마나 좋은지 매일 이라도 나가고 싶었다.

누군가 "너는 커서 무엇이 될 꺼야" 라고 물으면 나의 대답은 간단했다. "목사가 될 겁니다." 그만큼 교회가 좋았고, 하나님 말씀이 좋았고, 교회 학교 선생님들이 좋아서였다. 놀아도 교회에서 노는 것이 좋고, 교회 가는 날이 매 주일 기다려졌다.

나에게 교회는 제2의 가정처럼 포근하게 느껴졌다. 그래서 교회에 출석한 이래로 거의 빠짐없이 나갔다.

당시 어린이 새벽기도회가 주일 마다 있었는데 교회를 출석한 이후로 어린이 주일 학교를 마치는 6학년까지 새벽기도회에 결석 한번 하지 않았다. 지금 돌이켜보면 하나님의 은혜였던 것이다. 비바람이 칠 때도, 눈보라가 칠 때도 나의 교회로 가는 발걸음을 꺾지는 못했다.

초등학교 5학년 때 군산노회 주교 성경암송대회가 이리중앙교회당에서 있었다. 군산, 옥구, 익산등지에서 모여든 학생들로 북적였다.

나는 교회 대표로 처음 출전한 대회이지만 당당히 입상 하였고(함께 참가 했던 6학년 누나는 떨어졌음) 내가 출석하던 남전 중앙 교회의 위상을 지킬 수 있었다. 상장과 상품을 받았는데 상품은 신구약 합본 성경 이었다.

성경 암송대회를 마치고 나는 난생 처음 자장면이라는 것을 먹게 되었다. 모양은 라면처럼 생겼고, 거기에 검정 고추장을 풀어 놓은 것 같았다. 그 안에 들어 있는 여러 가지 재료들은 이상야릇한 것들이 많이 있었다. 평소 비위가 약한 터라. 용기를 내어 한입 먹어 보았다. 라면도 비위가 약해 잘 먹지 못했기에(지금은 잘 먹음) 자장면도 쉽지는 않았다. 몇 번 젓가락질을 해 보았지만 양은 줄지 않았다.

대회를 위해 인솔 교사로 참석했던 두 분의 선생님과 6학년 누나는 잘도 먹는 것 같았다. 나의 자장면 도전기는 반도 먹지 못하고 면발 몇 젓가락 먹는 것으로 끝을 맺었다.

시내를 걷던 중 여러 가게들의 모습과 노점에서 장사하는 분들이 시야에 들어 왔다. 그리고 환자인 것처럼 보이는 어떤 남루한 옷차림의 아저씨는 살아있는 뱀을 손에 움켜쥐고 꿈틀거리는데도 아랑곳없이 그것을 먹어 치우고 있었다. 지금도 뱀을 먹어 치우던 그 아저씨는 누구며 왜 살아 있는 뱀을 사람들이 다니는 거리에서 먹고 있었는지 궁금하다.

나의 집에서 교회로 가는 길은 가까운 편이 아니다. 논두렁 오솔길을 한참을 걸어야 하고 차들이 쌩쌩 달리는 도로를 지나 1킬로미터를 더 가야하니 대략 들판 길로 2킬로미터는 가야 하는 거리다.

초등학교 시절 나의 기도제목은 20원짜리 팽이 베어링을 사는 것이었다. 팽이에 베어링을 달면 훨씬 더 팽이가 잘 돌기 때문이다. 그래서 팽이 생각을 하며 길을 걷기도 하고 잠을 잘 때도 팽이 생각을 하면서 잠이 들곤 하였다. 그런데 그 꿈이 현실로 다가온 것이다.

친구 한명과 교회를 가고 있었고, 교회 가는 길가에는 양어장이 늘어서 있었다. 양어장은 길에서도 약10미터는 족히 걸어 들어가야 하는 위치에 자리하고 있었는데 웬일인지 그날따라 양어장 쪽으로 가보고 싶었다. 그래서 양어장 가까이로 갔다. 양어장의 주변은 수풀이 많이 자라 있었다. 때문에 눈으로는 땅이 보이지 않았다. 그런데 수풀을 밟고 서있는 나의 발밑에서 이상한 소리가 들리지 않는가?

나는 문득 속으로 "이것이 무슨 소리지" 하면서 나의 발밑을 고개를 숙여 살펴보았다. 그것은 다름 아닌 동전 두 개가 부딪치는 소리였다. 발밑에는 바라던 10원짜리 동전 두 개가 놓여 져 있었던 것이다. 나는 소리칠 듯이 기뻤다. 하나님이 나의 기도를 들어 주신 것이다.

동전 두 개의 사건은 어린 나에게 하나님이 살아계심을 더욱 확신하게 하는 계기가 되었다. 어릴 적 기도응답은 나에게 큰 확신을 심어 주었고,

예수님을 더 사모하게 되었다. 예수님을 사모하니 가끔 꿈속에서 예수님을 만나게 되는 일도 생기게 되었다. 이러한 어릴 적 나의 경험은 내가 목회자가 되기까지 나를 인도하고, 견인해 가는 원동력이 되었다.

분뇨(糞尿)에 빠지다

겨울이면 동네 어귀 방죽에 얼음이 얼어 아이들이 썰매타기가 한창이다. 누구의 썰매가 더 잘 달리는지도 관심사다. 썰매가 잘 달리기 위해서는 무엇보다 썰매 밑의 날을 어떤 재질로 만들었느냐에 따라 잘 나가기도 하고 그렇지 못하기도 하다. 보통 썰매의 날은 두 종류이다. 하나는 철사로 만든 날이요, 또 하나는 앵글이라 해서 기역 자 쇠 (혹은 꺽쇠)로 만든 것이다. 아무래도 쇠로 만든 썰매는 칼날처럼 날카로워 빠른 속력을 낼 수 있는 것이다.

내가 타던 썰매는 철사로 된 썰매인지라 칼날 썰매를 타보고 싶었다. 들은 얘기에 의하면 동네 인근에 있는 버섯농장에 가면, 썰매를 만들 만한 쇠들이 많이 있다고 했다. 그것을 주워 썰매를 만들면 된다는 것이다. 초등학교를 갓 졸업한 어느 날 썰매를 만들어 볼 욕심에 동네 형들과 함께 버섯농장에서 들어가 쇠붙이를 주워오기로 하였다.(당시 내가 제일 어렸음) 때는 사람이 뜸한 밤중을 택했다.

하지만 한밤중의 거사는 실패하고 말았다. 버섯농장의 개구멍으로 들어가 침입은 성공했지만 쉽게 썰매를 만들 재료가 눈에 띄지 않았다. 두

리번거리며 이리저리 찾아다니느라 시간 가는 줄 몰랐다. 어느 정도 시간이 흐르게 되었다. 그러다가 때마침 순찰을 돌고 있는 농장 관리인에게 발각되고 만 것이다.

다른 형들은 어떻게 되었는지 모른다. 나의 눈앞에 어떤 사람이 걸어오고 있는 모습이 포착되었던 것이다.

나는 황급히 개처럼 기어가기 시작했다. 한참을 기어가다 보니 운동장처럼 평평한 곳이 눈에 띄었다. 나는 속으로 생각했다. '길이 좋으니 뛰면 얼마든지 사람의 눈을 피해 밖으로 빠져 나갈 수가 있을 거야.' 이렇게 생각하고 기어가다가 재빨리 속도를 내어 뛰기 시작했다. 밖으로 나가기 위해서였다. 농장의 외곽에 쳐놓은 담은 있으나 허술하기 짝이 없었다. 어디로든지 빠져 나갈 수 있을 것 같았다. 그래서 자신만만하게 뛴 것이다.

그런데 이게 웬일인가? 몇 발자국 뛰지도 않아 발이 움직이지 않는 것이다. 내가 뛰어 간곳은 평지가 아니라. 분뇨 구렁이었던 것이었다. 버섯 재배에 쓸 거름을 숙성 시키고자 파 놓은 오물구덩이였다.

나는 평지가 아닌 분뇨 함정으로 뛰어 들고 만 것이다. 나는 관리인의 도움으로 겨우 분뇨구덩이에서 빠져 나올 수가 있었다. 그 때 신고 간 신발 한 짝은 지금도 분뇨 구덩이에 있을지 모른다. 이 일로 인해 동행 했던 동네 형들 모두 다 소환 되었고 반성문을 일주일이나 써야했다. (함께 했던 형들 미안하오) 이 사건은 비록 철부지적 일이지만 죄에 대해 깊이 깨닫는 계기가 되었다.

오늘날 많은 사람들은 죄에 대해 가볍게 여기는 경향이 있다. 남에게 손해를 끼치고, 남을 속이고, 혹은 남의 것을 제 것인 냥 탐내는 도덕적 해이나 불감증이 만연되어 있다. 나는 그 때 이후로 하나님 앞에 작은 것까지라도 회개해야 한다는 생각을 가지고 살고 있다. 또한 아주 작은 일이지만 얼마나 사건이 왜곡될 수 있는지도 그 때 그 일을 통해 터득할 수 있었다. 그 일을 제외하고, 나는 교회에서나 가정에서 항상 모범생 이었다. 부모님에게, 동네 사람에게, 교회에서 착한아이라는 상표를 가지고 살았다. "저 아이는 자라면 틀림없이 목사가 될 꺼야." 라는 말을 자주 듣곤 하였다.

고등학교 2학년 때 남전 중앙교회 학생회장을 맡았다. 회원들이 선거로 뽑는 선출직 회장이다. 당시 학생회장의 권력은 막강했다. 예배 때 사회를 보는 것 외에도, 각종 회의를 인도했기 때문이다. 그뿐인가? 임기 일 년의 학생회 살림을 계획하고 그에 따르는 예산까지 세워야 한다. 게다가 행사가 있으면 그 일을 가장 앞에서 주관하는 일까지 도맡아 했다. 그러므로 회장은 요즘으로 말하면 경영자나 다름이 없었다. 학생회를 맡아 관리 운영하는 경영자 말이다.

나는 학생회장을 2년 동안 맡아 하면서 리더 쉽(leader ship)이란 것을 많이 배우고 계발(啓發) 할 수 있었다. 앞에서 일하는 자의 고충과 조직을 움직이는 힘의 원리도 체험 할 수 있었다.

어느 날 고등학교 2학년 학생회장 시절, 사회를 보다 그만 학생회 설교까지 하게 되는 영광을 안게 되었다. 당시 중고등부 설교는 보통은 부장 집사님이 하였다. 그런데 그 날은 시간이 되었는데 오시질 않는 것이다. 속으로 나는 그렇게 생각했다. '잘 된 일인지도 모른다. 사회 본 김에 설교까지 하자.' 이렇게 생각하고 평소 읽었던 책 중에서 루마니아 지하교회 이야기를 설교하였다. 내용은 죽음을 불사하고 신앙은 지키는 루마니아 지하교회 교인들의 관한 이야기이다. 결론은 우리도 그런 신앙 갖자는 것이었다. 당시 내가 고등학교 2학년이니 내가 설교할 때 고3 선배들은 마음이 어땠을까? 궁금하다. 그때 3학년 선배님들! 후배가 겁 없이 설교해 미안하오.

말씀의 맛을 알다

대학생이 되던 해 구역강사로 구역을 섬기게 되었다.

주일학교 교사와 찬양대원으로도 봉사하게 되었다. 원해서가 아니라 당회를 통해 임명받은 것이다. 뿐만 아니라 중고등부 교사로도 섬겼다.

많은 부서를 맡다보니 주일 하루 온 종일 교회에서 보내도 부족했다.

대학생활을 하다보니 때로 집으로 가지 못하고 곧장 구역예배를 위하여 구역으로 가야 할 때도 있었다.

가정생활 역시 바쁘기는 마찬가지였다.

나의 부친은 내가 고등학교 3학년 예비고사를 한 달도 채 남겨놓지 않았을 때 하나님의 부름을 받았다. 부친이 병환 중에 있을 때 익산에 살고 있던 큰 누님이 거의 매일 집을 찾아와 기도했고(익산 고현 교회 권사였던 누님은 2008년 하나님 부름을 받음) 그것도 부족해 각종 은사가 있다는 사람까지 함께 와서 부친을 위해 기도해 주었다.

그 정성으로 부친은 당시 집사였던 모친과 함께 교회를 짧게나마 나가게 되었다. (돈독한 신앙은 아니었지만) 이것 역시 하나님의 은혜가 아닌가 생각한다. 예수님을 알았으니 말이다. 하지만 끝내 병환에서는 회복되지 못하고 1979년 하나님의 부름을 받았다. 당시 바로 위의 형은 군대 생활 중이었고 큰형은 몸이 좋은 편이 아니었기에 나와 모친이 농사일을 해야 했다. 농사일을 돌보면서 대학생활을 시작한 것이다. 따라서 교회와 가정과 학교의 일들로 매우 분주한 나날을 보내었던 것이다. 그러던 1학년 어느 날 한국대학생 선교회(C.C.C)를 알게 되었다. 당시 대학생 선교회는 1974년도에 있었던 엑스 폴로74와 1980년 복음화 대성회를 거치면서 대단한 부흥을 하고 있었다.

나는 C.C.C.에서 상당한 도전을 받았다. 일명 C.C.C맨 이라고 일컫는 그들은 대학생이었지만 신앙으로 충만해 있었다. 거의 매일 성경공부(순모임)를 했고, 철야 성경공부까지 했다. 뿐만 아니라 금요일에는 정기 예배가 별도로 드려졌다. 학기가 시작되기 전과 마칠 때에는 금식기도와 수련회가 있었다. 그 밖에도 순별 금식기도 및 절기 금식기도 그리고 매년 초에는 원단 금식기도도 있었다. 그 밖에 성경읽기 열기는 매우 뜨거웠다. 마치 고시공부를 방불케 했다.

초등학교 때부터 새벽기도를 하며, 중고등부 회장을 거쳐, 교회의 많은 일을 맡아 봉사하고 있었지만 말씀에는 부족함이 있었던 나에게 이러한 C.C.C.의 분위기는 새로운 도전을 주었다. 그리하여 1980년 12월 대학 겨울 방학을 이용하여 성경읽기에 도전하게 되었다. 지금까지 신앙생활을 하며 하나님의 말씀을 많이 듣고 부분적으로 많이 알고 읽어도 보았지만 진지하게 성경을 처음부터 끝까지 짧은 시간에 읽어 보지 못했었다.

C.C.C.에서 도전받고 보니 성경을 읽되 정독으로 읽어야 하겠다는 생각이 들었다. 성경을 읽되 통권 전체를 읽어야겠다는 생각을 갖게 된 것이다.

그래야만 성경이 나의 말씀이 될 수 있다는 확신이 든 것이다. 만일 하루에 한 두장 씩 읽는다면 얼마 못가 그 내용을 망각하고 말 것이다. 만일 일 년 정도의 긴 시간이 걸려서 성경 1독을 했다면 그 내용의 흐름을 잘 파악하지 못할 것이다. 왜냐 하면 너무 오래 되어 앞부분은 벌써 망각(忘却)의 강을 건너 갔을 것이기 때문이다.

따라서 나는 이런 점에 유의 하여 방학기간 전체를 오직 성경 읽는데 전력을 쏟기로 다짐하였다. 순서는 요한복음에서부터 시작했고 다음은 마태복음에서 요한 계시록까지 신약을 먼저 읽었고 그리고 창세기에서 말라기까지 구약을 나중 읽게 되었다. 이같이 정독을 하게 되니 성경이 한 눈에 들어왔고 나아가 성경 한절 한절이 은혜가 되었다. 그 동안 말씀을 읽었거나 들었던 말씀은 더욱 은혜가 되었고 마음속에 더욱 깊이 각인 되었다.

읽다가 발견한 놀라운 사실은 말씀에는 분명 맛이 있다는 사실을 깨달았다. 너무나 맛이 있고 은혜가 넘치는 것이다. 시 119편 103절에 보니 "주의 말씀의 맛이 내게 어찌 그리 단 지요 내입에 꿀보다 더 하니 이다." 라고 시편 기자가 고백을 했다. 말씀에 맛이 있다는 것이다. 그런데 그 맛이 얼마나 단지 꿀보다 더 달다는 것이다. "옳다. 분명 말씀에는 맛이 있다." 이러한 강한 확신을 가지게 되었다. 이 확신이 있었기에 거의 3개월 정도의 방학생활을(생리적인 해결을 하는 것 외에)오직 성경만 읽을 수가 있었던 것이다.

나는 성경 통독(정독)을 마치는 날 너무나 기뻤다. "우주가 내손 안에 있다. 나는 천하를 내 손에 넣은 것처럼 기쁘다. 이 기쁨을 그 무엇에 비기랴." 바로 이러한 탄성이 내속 깊은 곳에서 울려 퍼지는 것 같았다. 정말이지 그런 기쁨은 처음이다. 형용할 수 없는 만족감을 성경을 완독하고 얻은 것이다. 부분적으로 읽을 때 느끼지 못했던 만족을 성경 전체를 이어서 읽을 때 얻을 수 있었던 것이다. 그 뒤에도 나는 성경의 맛을 지속적으로 이어가기 위해 약 3년간 성경공부 모임에 거의 빠지지 않고 나가 성경 지식을 습득해 나갔다. (당시 도움을 준 현해식 간사님, 이갑용 간사님, 안성모 순장님, 하종성 순장님과 그 밖에 여러 선배 순장님께 감사한다.)

이러한 성경지식을 바탕으로 더욱 왕성히 교회에서 교육하는 일에 힘썼고 여러 분야에서 헌신 하였다. 대학 2학년 때에는 중고등부 설교를 전담하였고, 유초등부에도 설교를 자주 하였다. 이 같은 성경지식의 확장과 말씀의 맛이 신학교에 들어가고, 훈련을 받으며, 장차 사역을 하는데 큰 밑거름으로 작용했던 것이다.

아군(我軍)끼리 싸움

"야. 저 녀석 잡아라 ! 돌 던져라 화염병을 투척하라."

이런 말들은 데모 진압 현장에서 흔히 쓰는 말이다.

나는 광주 민주화 운동이 있은 연후 1982년 군에 입대했다. 까까머리들이 줄지어 열차를 탄다. 훈련소로 가기 위해서다. 그 눈빛은 패기보다는 불안이 감도는 얼굴이다. 군대라는 곳이 어떠한 곳인가? 두려움 때문일 것이다. 이윽고 열차는 연무대에 도착하고 수용연대라는 곳에서 신체검사를 받는다. 건강이상 유무를 알아보기 위해 마지막으로 신체검사를 하는 것이다. 만일 불합격 판정을 받으면 군으로 가는 것이 아니라 고향집으로 가게 된다.

종종 군에 갔다가 되돌아오는 경우가 바로 이런 경우이다. 수용 연대에서 신체검사 결과 불합격 판정을 받으면 돌아가는 것이다.

내가 수용 연대에 있을 때에도 고향으로 돌아가는 이들을 몇몇 보았다.

물론 그들의 돌아 갈 때 기분은 잘 모르겠다. 아마 두 종류가 있으리라고 본다. 군대 가기 싫었는데 억지로 끌려 왔으면 불합격 판정 받은것을 천만다행이라고 생각할 것이다.

반대로 식구들에게, 친구 선후배들에게 군대 간다고 자랑스럽게 큰소리 치고 왔다면 돌아가는 것이 부담스러울 것이다. 하지만 어쩔 수 없이 수용 연대에서에서 희비는 엇갈린다. 짐을 싸서 가는 사람, 군에 남아 훈련을 해야 할 사람 두 갈래로 갈라서게 되는 것이다.

신체검사를 마치고 통과된 장병들은 훈련소로 이동 된다. 훈련소에 도착해서 군인에게 필요한 기초 군사 훈련을 약 4주에서 6주 동안 받게 되는 것이다. 나는 전투경찰에 발탁 되어 6주간의 군사훈련을 받았다. 아침 6시에서 정확히 기상해서 하루 일과를 시작한다. 방송에서 기상과 함께 울려 퍼지는 "꽃 중의 꽃 무궁화 꽃 삼천만의 가슴에……" 라는 노래가 지금도 귓가에 선명하게 들리는 것 같다. 훈련 받은 병사만이 훈련을 마치고 1계급 따게 된다. 굳이 딴다는 말을 쓴 것은 그 만큼 훈련이 고되기 때문이다. 우리기수 보다 앞서서 훈련 받고 나가는 병사들을 보니 부럽기까지 하다.

더욱이 자랑스럽게 보이는 것은 그 들이 쓴 계급 달린 모자며 견장(肩章)때문이다.

사실 처음 입소해 훈련을 받는 병사는 무계급이다. 무명의 용사인 것이다.

훈련을 받은 자(마친 자)라야 진짜 병사가 되는 것이다. 그 계급을 이병(전투 경찰은 이경)이라 부른다. 얼마나 힘들게 얻은 계급인가! 받아본 사람만이 알 것이다. 남자들은 바로 군대라는 집단 문화를 통해 계급사회의 본질을 처음으로 알게 된다. 계급이 얼마나 중요한가? 이것을 실감하는 장소가 군대인 것이다.

여기에는 나이가 존재하지 않으며, 출신 성분이 존재하지 않는다.

계급하나로 모든 것을 아우를 수 있는 곳이다.

나는 훈련을 마치고 서울시 기동대로 배치를 받게 된다. 그런데 이것도 그냥 배치는 되는 것이 아니다. 본대라고 해서 서울시 종로에 있는 곳인데 이곳에서 다시 훈련을 받고 급기야 소속 부대로 배치되는 것이다. 나는 도봉구에 있는 북부 경찰서 기동대에 배치 받아 약 27개월가량 군대 생활을 했다.

주 임무는 학생데모 진압, 방범, 순찰, 교통보조, 각종경비, 대사관저 및 주요시설 경비, 각종행사 경비까지 다양한 분야에서 일을 하게 된다.

전투경찰로서 애로는 무엇인가? 첫째는 아군 끼리 싸워야 하는 것이다.

한때는 동료였던 자들 선후배들과 최루탄을 쏘며, 화염병과 돌과 맞서는 것이다. 치열하게 되면 많은 부상자가 속출한다. 나도 외국어 대학 후문 데모 진압에 투입 되었다가 대학생들이 던진 돌아 맞아 목을 다쳐 국립 경찰 병원에 후송된 적도 있다. 이로 인해 당시 목소리와 성대에 상당한 후유증을 가지게 되었다. 그런 일이 없었더라면 누가 아는가? 가수가 되겠다고 했을 런지 하지만 이제 목청이 좋지 않아 가수되기는 다 틀리고 말았다. 하나님의 뜻이 아닌가 보다.

아군끼리 싸워야 되는 비극이 점차 사라졌으면 했는데 근래에는 아군 끼리 싸우는 모습이 거의 사라져 얼마나 다행인지 모른다. 이제는 노사 문제나 각종 현안 문제도 좀 더 성숙하게 해결하고 정부도 성숙하게 대처했으면 좋겠다.

둘째 애로 사항은 무엇인가? 그 것은 화장실을 제때 갈 수 없다는 것이다.

전투 경찰은 언제 비상이 걸릴지, 언제 출동할지 모르기 때문에 늘 대기 상태이다. 사이렌이 울려 퍼지면 무조건 출동하는 것이다. 그러므로 화장실 문제는 현장에 나가서 해결해야 할 때가 많다. 따라서 이런 때에 제일 먼저 알아 둘 것은 화장실이 어디에 있는가이다. 그렇다 해도 화장실을 마음대로 가는 것이 아니다. 몇 몇의 대원들이 짝을 지어 가야하니 용변을 참는 것은 다반사다. 만일 백만 가까이 모인 혼잡 경비(예를 들면 교황 방문 시)를 할 때에는 근무조가 와서 교대 해 줄때가 화장실 갈 때이다. 그 때 까지는 무조건 참는 것이다. 연유로 해서 나도 참을성이 많이 키워진 것 같다.

셋째 애로 사항은 무엇인가? 마음대로 교회에 나갈 수 없다는 것이다. 그만큼 비상 출동과 업무가 많기 때문이다. 나 역시 복무 기간 동안 대여섯 번 정도 밖에 교회 나가지 못했다. 그나마 다행인 것은 믿음을 인정받았기 때문에 그만큼이라도 나간 것 이라 본다. 처음부터 신앙인이라고 밝힌 것이 내무반장에게 인정받는 계기가 되었다. 그래서 취침 때가 되면 기도모임을 인도해 달라고 나에게 기도요청 까지 해 왔던 것이다.

나는 군대에서 목사로 통했고 때로는 기도회도 몇 차례 인도할 기회를 갖기도 했다. 어려운 여건 속에서 신앙을 지킬 수 있도록 인도해 주신 하나님의 은혜에 감사를 드린다.

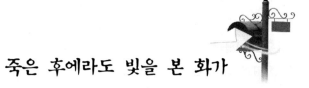

죽은 후에라도 빛을 본 화가

"언젠가 내 그림은 물감 값 그 이상에 팔릴 것이다."라고 말한 고흐의 말을 입증이라도 하듯 그의 작품 "의사 가셰의 초상"은 경매 사상 최고가인 1990년 8천 2백 50만 달러에 판매 되었다. VINCENT VAN GOGH의 죽음을 지켜본 의사 가셰는 "그는 정직하였고 위대한 화가였다"라고 말한다. 반 고흐는 10년이라는 짧은 예술가, 화가의 길을 걸었지만 그는 9백여 점이라는 많은 작품을 남기게 된다. 하지만 그의 생전에는 그의 작품들이 거의 인정받지 못한다. 단 한 점의 작품 외에는 그림을 팔지 못했다고 전해지고 있다. 그러므로 반 고흐의 일생은 가난과 소외 그 자체였다 말할 수 있을 것이다.

반 고흐는 네델란드의 준데르트(Zundert)에서 태어났다. 그는 미술을 통해 인류애를 실현해 보기위해 동시대의 어떤 화가보다 처절한 삶을 살았다. 예술에 모든 인생을 걸었고 말로 표현 할 수 없는 영적인 부분의 삶을 담아내려고 애를 썼다. 반 고흐는 후기 인상주의 작가로 구분할 수 있는데 그 화풍을 보면 1886년 파리에서 인상주의자들의 그림을 발견하면서 전환점을 이루게 된다. 즉 어두운 색체는 밝은 색상으로 바뀌게 되고, 사회적 사실 주의는 빛으로 가득한 야외풍경으로 바뀌게 되는 것이다. 뿐만 아니라 초기 입문 시기에는 가난한 농부들의 숨겨진 삶을 표현하려는 야심에서 나중에는 인간의 병을 치유 하려는 자연의 압도적인 어떤 힘을 표현하기에 이른다. 그의 작품세계의 특징으로 불리는 짧게 끊어치는 화필과 밝은 보색의 색상체계는 후기 인상주의 점묘파 화법에 영향을 받은 것으로 여겨진다. 반 고흐는 말했다. "비사실적인 그림이 사실을 그린 그림보다 더욱 진실하게 보이고 싶다." 여기에서 알 수 있는 것은 반 고흐는 진실을 열망하는 사람인 것을 알 수 있다.

반 고흐는 1853년 3월 30일 테오도루스 반 고흐와 안나 코르넬리아 반 고흐 카르벤투스 사이에서 6남매 중 장남으로 태어났다. 하지만 실제는 장남이 아니라 일 년 전 태어나 죽은 형의 이름을 그대로 승계한 것이다.

그는 1890년 파리 북쪽 오베르 마을의 작은방에서 37세의 일기로 생을 마감한다.

어제 빈센트 반 고흐의 전시회를 아내와 두 아들 녀석과 함께 다녀왔다. 장남은 피곤하다고 집을 지켰다. 방학 중이라 그런지 평일인데도 많은 젊은이들로 미술관은 북적였다. 아마도 130년 전의 작품세계의 숨결을 그대로 느껴보고 싶어서 모여 들었을 것이다. 듣자하니 며칠 전 까지 관람객 수가 60만이 넘어 갔다고 한다. 실로 대단한 위력이 아닐 수 없다. 이역만리 머나먼 나라에 까지 인기가 있다면 그는 당대에는 비록 비참했어도 사후에 빛을 본 사람임에는 틀림이 없다.

내가 전라도에서 서울까지 간 것은 미술에 조예가 있어서가 아니라 순전히 아내 때문이다. 미술을 전공한 아내에게 거장의 미술 세계를 가까이에서 보여 주고 싶어서였다. 사실 나는 그의 작품이 그렇게 감동으로 와닿지는 않았다. 두 아들은 나보다 더 관심이 없는 듯 지루해 보였다. 내가 단지 그의 작품세계에서 느끼는 것은 거장에게는 분명 다른 사람과 비길데 없는 자신감과 화필에 힘이 있다는 것이다. 거장에 걸 맞는 장르가 분명 있다는 사실이다. 그가 당대에 인정을 받지 못했다 해도 반 고흐는 외롭고 힘든 자기와의 싸움에서 승리 한 것이다. 온 정성과 정력을 다한 예술가로서 승리인 것이다. 그것이 그가 사후에 인정받은 비결이 아닌가 생각한다.

오늘 날 많은 사람들은 너무 빨리 빛을 보려고 한다. 적은 노력으로 많은 것을 누리려 한다. 일확천금과 배금주의 사상이 온 세계를 지배하고 있다. 인간들의 마음을 지배하고 있는 것이다. 오늘 나는 반 고흐의 전시회 입장료를 거금 1만 2천원(성인 1인 기준)이나 주고 감상했지만 후회하지는 않는다. 내가 천만금을 준다 해도 어떻게 1880년대의 사람과 숨결을 마주할 수 있겠는가? 그 비용으로 본 다면 너무 싼 것이다. 이렇게 위로하니 홀가분하다. 차량을 타고 있던 시간만 해도 족히 왕복 8시간 정도는 되었을 것이다.

하지만 나름대로 기억에 남는 추억이 되었다. 사람구경도 많이 했고 그림구경도 많이 했으니 말이다. 아이들은 아이들대로 휴게소에서 간식이라도 먹으니 고생이 되어도 큰 후회는 없으리라! 또 다른 전시회도 기회가 더 늦기 전에 아내가 원한다면 함께 가 주어야하겠다.

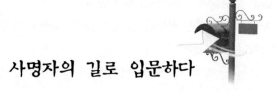

사명자의 길로 입문하다

　군대생활을 마치고 대학 3학년에 복학하고 대학 4학년에 이르자 급우들은 하나 둘씩 직장을 따라 취업전선으로 향했다. 하지만 나는 초등학교 시절 "나는 목사가 될 꺼야"라는 말이 아직도 내 마음속에 지워 지지 않고 남아 있었기에 취업의 길을 선택하지 아니했다.

　대학 4학년 봄 군산 옥구 고등학교에 교생실습을 나가게 되었다. 나가기 전에 교수법 시간에 실습을 하게 되는데 다른 학생들은 나중에 하려고 꽁무니를 뺐다. 하지만 나는 교회학교에서 학생들을 많이 지도하고 가르쳐 본 경험이 있기에 아이들을 가르치는 일이 부담스럽지 않았다. 하지만 이때는 동급생들 앞에서 가르치며 시범을 보이는 일이다. 결코 쉬운 일은 아니다.

　그렇지만 나는 자청해서 "교수님 제가 먼저 하겠습니다."라고 선수를 쳤다. 교수님은 흔쾌히 승낙 하였고 동급생들 앞에서 실습도 가장 먼저 할 수가 있었다.

　'주일학교 교육이 이럴 때 효험을 발하는구나?' 하는 생각이 들었다.

뿐만 아니라 교회에서 교사로 다년간 봉사 했으니 학교에서 가르치는 것쯤은 겁나지 않았다. 오히려 가르치는 일은 즐거운 일이라고 생각하였다. 만일 목회자가 되지 아니한다면 교사로 헌신해서 아이들에게 가르치는 일을 해야지 하는 생각도 가끔씩 하곤 했다. 그래서 교사 자격증은 받아 놓아야 겠다는 마음으로 교직을 이수하고 교생실습도 나가게 된 것이다. 내가 실습을 나간 학교는 남녀공학이었다.

학생들 중에는 공부의 때를 놓친 이십 세 정도의 학생도 눈에 띄었다.

아이들을 약한달 간 가르치는 일은 즐거웠고 보람된 일이었다. 내가 그리스도인 된 것도 아이들에게 자랑스럽게 밝힐 수 있었고 다른 교생들에게도 말할 수 있었다. 이것이 믿음이 아니었는가? 생각해 본다 내가 믿음이 약했다면 믿어도 안 믿는 척 또 회식 자리에서도 적당한 자세로 넘어가고 함께 즐길 수도 있지만 나는 애매한 태도를 취하지 않았다. 하나님을 믿는 믿음 때문인 것이다.

교생 실습을 나간 지 얼마 되지 않아 교생들 간 회식자리가 있었다. 거기에 술을 마시지 않는 사람이 나 외에 한사람도 없었다. 이미 군대 생활에서도 경험했지만 교회 밖에서는 믿는 자를 찾아보기가 어려웠다. 모두 분위기에 쉽게 동화 되는 것 같았다. 그러나 나에게 하나님이 은혜를 주셔서 이런 유혹이나 난관을 이겨낼 수 있었다. 나름대로 깨달은 것은 믿는 사람이 안 믿는 사람들 속에서 인정받는 비결은 처음부터 신앙인이라는 확실한 자세를 취하는 것이라는 사실이다. 이 방법이 최상의 방법임을 나는 학교생활이나 군대 생활에서 체험하게 되었다. 하나님은 결단하는 마음을 귀히 보시고 이길 힘도 주시는 것이다.

아쉽지만 교생실습은 끝이 났다.

교생실습이 끝나는 날 아이들도 섭섭한지 교무실 밖에서 선물을 안고 기웃거렸다. 평소 마음에 들던 교생들에게 선물을 주려고 서성이는 것이다. 남녀 공학인데 남학생은 별로 찾아 볼 수 없고 여학생들만 아쉬워하는 모습이다. 나도 꽤 인기가 있었는지 몇 개의 선물을 받았다. 나는 당시 철학 자 선생으로 통했다. 왠지는 정확히는 모르나 강의를 시작하면 말이 멈춤이 없고 게다가 기독교 진리까지 전하니 철학자 선생이라는 별명을 지어 준 것 같다. 하지만 나는 아무렇지도 않다. 어찌하든지 학생들 가운데 한명이라도 예수 그리스도를 알면 목적이 이루어지는 것이기 때문이다. 교생 실습이 끝난 이후에도 아이들은 한 동안 편지를 보내왔고 어떤 아이는 거의 매일 편지를 보냈다. 그것이 녀석들 나름대로의 사랑인가 보다.

그리고 어떤 아이는 집에 놀러 와서 몇 시간 씩 머물다 간 녀석들도 있다. 지금은 모두 커서 어머니요 아내가 되었으리라 본다. 짧은 순간이나마 그때가 행복한 시간이었다. 그때에 만남이 있었던 녀석들 모두 행복하기를 바란다.

나는 대학 4학년 그 해 12월 총신대학 신학대학원 시험에 응시했다. 전국에서 수많은 신학 지망생들이 몰려들었다. 신학교를 졸업한 이들과 나와 같이 일반대학을 졸업한 이들 해서 약 1천명이상이 몰려 온 것 같았다. 나는 시험 준비를 천성적으로 많이 하는 편이 아니라서 (물론 얼마간은 했지만) 하나님께 맡기고 시험에 응시했다. 성경이나 영어 그리고 논문 등은 그렇게 어렵지 않았는데 철학은 문제가 상당히 어렵게 출제되었다. 한마디로 철학시험은 망친 것이다.

합격할 자신이 없었다. 합격자 발표 날 까지는 초조했다. 하지만 하나님은 부족한 나를 주의 종으로 쓰실 뜻이 있으셨는지 합격 시켜 주었다. 합격한지 며칠이 되지 않아 모교인 남전 중앙교회에서 교육 전도사로 봉사 할 수 있게 되었다. 최기철 목사님께서 임명해 주신 것이다. 최기철 목사님은 당시 엄한 목사의 상징이셨지만 나에게는 가능성과 칭찬을 주셨고, 신뢰 해 주셨기에 청년시절부터 많은 직분들을 맡겨 주셨다. 그 때의 경험들이 목회의 초석이 된 것이다. 모 교회에서 약 1년간 교육 전도사 봉사를 하고 서울로 상경하여 교육 전도사 일을 보게 되었다. 그러나 당시 사택이 없는 교육 전도사 생활이 쉽지 않았고 몸만 약해져 더 이상 지속하기가 힘이 들었다. 그러므로 다시 지방에 복귀하여 익산의 한 교회에서 봉사하였다. 그러다가 다시 두 번째 꿈을 안고 서울 원정에 나섰다. 이번에는 변용국 전도사님의 소개로 서울 성은교회 교육 전도사로 부임할 수 있었다. 물론 이것도 설교 심사를 거쳐서다. 세상에 공짜는 아무것도 없는 것 같았다. 이미 한분이 다녀갔는데 설교를 잘 못해서 나를 불러 설교를 들게 된 것이라 변용국 전도사님이 귀 뜸해 주었다. 설교 심사는 유초등부에서 이루어졌고 당시 담임이셨던 김학준 목사님이 제일 앞자리에 앉아 계셨다.

설교가 끝나고 목사님 하시는 말씀이 다음 주 부터 봉사하란다. 마음에 들었나 보다. 그 다음 주일 부임 하여 봉사하는데 담임목사님이 부르신다. 당회 실에 들어가니 "서 전도사. 설교를 많이 해 본 것 같아. 앞으로 어른 1부 설교를 좀 하라 우." 평소 잘 쓰시는 이북 말씨로 말씀 하시는 것이다. 목사님의 배려로 나는 교육 전도사였지만 주일 1부, 어른 예배 인도 및 설교, 구역 강사, 유초등부, 중고등부, 청년부등을 두루 경험할 수 있었다.

주일 낮예배 대표기도까지 했으니 참으로 많은 것을 체험 할 수 있었다.

힘들 때도 있었지만 이것이 하나님의 은혜였다고 생각된다. 촌놈이 서울에서 동분서주 할 수 있었으니 말이다. 뿐만 아니라 당시 여러 교회에 집회를 인도 할 수 있는 길도 하나님께서 열어 주셨다. 의정부에 있는 성산 기도원 집회를 비롯하여 서울 염광교회, 봉천교회, 흰돌 교회 중고등부 부흥성회, 통신공사 명동지점 신우 회 예배인도 등 신학교 시절 3년 동안 약 20여 군데 집회를 인도 할 수 있었다. 신학교를 졸업하고 기숙사를 나오게 되었을 때 방을 구할 수 있었던 것도 집회 때 받은 사례 때문이었다.

신학교 때부터 배필을 위해 기도했지만 하나님은 졸업할 때 까지 배필을 허락하시지 않으셨다. 많은 선을 보기도 했다. 많은 전도사님들이 그리고 지인들이 여러 명의 자매들을 소개 시켜 주었지만 번번이 성사 되지 못했다. 나의 기준이 너무 까다로운 부분도 있지만 나에게 맞는 자매를 만나지 못한 이유도 있었다. 때문에 졸업 때 까지도 해결 받지 못한 것이다.

졸업 후 그 해 서울 대광교회 집회에 청함을 받고 중고등부 부흥회를 인도하게 되었다. 부흥회를 하는 과정에서 키가 훤칠하고 눈에 들어오는 자매가 있었다. 나는 집회를 마치고 나를 청해준 동기 남길우 전도사님에게 자매의 인적사항을 물어 보았다. 그리고 자매에게 사명이 조금이라도 있으면 이번에는 하나님께서 허락 하신 줄 알고 모든 조건은 후차적으로 돌리기로 마음먹었다. 그런데 뜻밖에 마음이 서로 맞고 하나님의 은혜가 있어 1990년 10월 27일 현재의 아내를 맞게 되었다. 나는 그 동안 아내에게 많은 고생을 시켰다. 서울 상수동에서 부산 안락동으로, 부산 안락동에서 부산 반여동으로, 부산 반여동에서 임실로, 임실에서 익산으로, 익산에서 김제로, 김제에서 부안으로 이 자리에 오기 까지 이사 다닌 것만도 몇 번인가? 공식 적인 이사만 결혼이 십년도 안 되어 여섯 번이 넘는다. 물론 그 때 마다 교회 목사님이나 성도들은 좀 더 시무하지 못함을 아쉬워했다. 하지만 나는 고생스럽지만 편안한길 보다는 힘든 길을 택했다. 그 뿐인가 부산에서 교회 개척시절에는 생활이 넉넉지 않았기에 시장을 볼 때에도 값이 비싼 시장은 가지 못하고 가격이 저렴한 시장만을 골라 다녔다. 부산 부전시장, 국제시장, 자갈치 시장 등과 같은 큰 시장에 가서 장을 보았다. 사례비에 살림을 맞추어 살아야 하기 때문이다. 의복도 마찬가지다 값싸고 경제적인 옷만 골라 입었다.

여유 있는 생활을 하지 못하고 힘든 이사며 좋은 것 먹지 못하고 입지 못하면서 나를 따라 여기까지 함께한 아내에게 감사한다. 그리고 미안함을 전하고 싶다. 그로 인해 몸이 많이 약해져 있는 아내에게 강건해 지기

를 소망한다. 게다가 큰아이에게 너무 미안하다 부산에서 태어나 바깥구
경 한번 흡족히 해주지 못했기 때문이다. 당시 나는 개척교회 강도사로
자립을 하기 위해 한쪽에는 교회 또 한쪽에는 교회 식당을 운영하며 교회
를 세워 나가고 있었다. 그렇게 하므로 교회는 어느 정도 자립할 수 있었
다. 하지만 교회에서 하는 식당은 낮에는 회사 매식을 담당하는 식당이라
방해가 될까봐 아이를 거의 가두어 키웠다. 교역자 자녀가 영세하게 사는
모습을 보이기 싫어서였다. 때문에 아이가 한참 걷기 운동이며 이것 저
것 보고 느껴야 할 시기에 좁은 단칸방에서 외출을 삼가며 지냈으니 얼마
나 답답했을까? 지금 생각해도 내 마음이 답답해져 온다.

　그래서 그런지 큰 아이는 다른 동생들보다 키는 크지만 체력이 약하다.
큰 아이에게 미안함 마음 금할 길이 없다. 더구나 첫째 아이가 태어 날
때는 수요일 예배도중이었는데 출산징조가 보였다. 아내의 양수가 흐르
고 있는 것이다. 예배를 마치고 병원에 갔는데 쉽게 아이를 출산 하지 못
했다. 진통은 그 다음날 까지 넘어가고 있었다. 다음날 수술은 하지 않았
지만 촉진제를 투여하고 한참 후에야 비로소 출산하게 되었다.

　설상가상 출산 하고 뒷마무리(산후 처리) 하는 그 시간 병원에는 정전
이 발생하였다. 이때 산모인 아내는 출혈이 심해서 몇 분 동안 의식을 잃
고 말았다. 내가 회복실에 들어 가 있을 때에는 막 의식을 회복한 후였고
혈액 공급 받고 있었다. 하나님은 출산을 통해서도 나와 아내를 더욱 연
단했고 굳세게 하셨다. 물론 나는 그런 어간에도 내가 맡은 교회의 새벽
기도를 빼뜨리지 않았고 병원에서 곧장 교회로 나가 인도했다. (아내는
힘들었을 것이지만) 어려운 고비 고비를 잘 견딜 수 있게 해주신 하나님
께 감사드린다.

공원묘지(公園墓地)에서 생긴 일

공원묘지(公園墓地)에서 생긴 일
정을 뗀다는 것
매일 밥을 주는 교회
착각하는 사람들
강도를 만나다
새내기 예본 어린이
잊혀 져 가는 것
잘 산다는 것

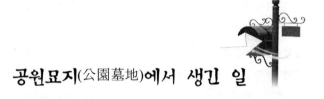

공원묘지(公園墓地)에서 생긴 일

　익산 성락 교회에서 부목사로 섬길 때의 일이다.

　당시 담임목사님이셨던 조재선 목사님이(지금은 전주에서 목회를 하심)몸이 좋지 않은 관계로 웬만한 설교나 애경사는 부목사가 인도하던 때였다. 교인 가운데 어떤 분이 하나님께 부름받아 발인 하는 날이다. 발인 예배를 마치고 하관예배를 위해 장례 차에 올라 장지인 팔봉 공원묘지로 향하고 있었다. 예배 인도자였던 나는 교회 장로님의 차(기억되기는 장세균 장로님으로 기억됨)에 승차 했다. 본래 예배 인도자는 제일 앞에 고인의 사진을 싣고 가는 선두 차에 타는 것이 보통이지만 나는 장로님이 자신의 차를 이용하여 가자는 말에 김 종량 장로님과 함께 승용차에 올라 공원묘지로 가게 된 것이다. 이윽고 차는 공원묘지에 도착했다.

　그런데 도착해서 보니 우리가 타고 갔던 승용차보다 한발 먼저 장의차와 성도들이 도착 한 것이 아닌가? 순간 나는 생각했다. 먼저 와서 우리를 기다리고 있었는가 보다 이렇게 생각하고 마음이 급한 나머지 곧 바로 장의차로 향했다. 왜냐 하면 묘지에 도착하면 제일 먼저 하는 일은 관을 운구 하는 일이기 때문이다.

장의차 뒤쪽을 바라보니 벌써 시신이 든 관을 일부 꺼내 놓고 유가족과 장의차 기사 간에 이런 말이 오고 가고 있었다. 고인의 노자(路資) 돈이 적으니 더 내라는 것이다. 관 위를 보니 이미 관 포위에 만 원 짜리 지폐 몇 장이 놓여 져 있었다. 그 돈이 적으니 더 내놓으라는 것이다. 그리고 유족들은 기사의 말을 따라 이 정도면 되겠느냐며 돈을 더 많이 관에 끼여 넣고 혹은 위에 얹고 하는 중이었던 것이다.

이 모습을 본 나는 깜짝 놀랐다. 왜냐하면 지금까지 기독교 장례절차를 따라 잘 진행 했는데 이것이 무슨 꼴인가 하며 당황했던 것이다. 그래서 나는 기사와 유족을 향해 이렇게 말했다. "지금까지 잘 해 왔는데 이제 와서 무슨 노자 돈을 거느냐고 이것은 잘 못된 것이니 이렇게 해서는 안 되는 일이라고" 주변 사람들이 들을 만한 목소리로 위엄 있게 충고를 했다. 순간 정적이 흐르고 기사도 유족도 멈춰 서서 서로의 눈치만 보고 있었다.

이 때 내 옆에 있던 김 종량 장로님이 한 번 더 강조 하는 것이 아닌가? "무엇하고 있느냐고 빨리 치우라고" 그러자 기사도 슬그머니 꽁무니를 빼고 아무 일 없다는 듯 딴전을 피우고 있고 유가족도 걸었던 돈을 치우기 시작했다. 일이 잘 수습 되는가 싶었는데 이번에는 이상한 소리가 들리는 것이 아닌가? 들어보니 그 소리는 장의차 안에서 들리는 소리인데 염불에 목탁소리 인 것 같았다. 또 당황해서 이번에는 장의차로 향해서 올라갔다. 장의차를 수습하기 위해서다.

차에 올라가 보니 틀림없는 염불 소리, 목탁 소리였다. 차에 오른 내가 먼저 이러면 안 된다고 말하자 장로님은 내 말이 끝나자마자 몇 몇 차안에 남아 있는 사람들에게 큰 소리로 이러면 장례를 치루기 어렵다고 엄포까지 놓았다. 그러자 엄포에 못 이겨 염불 방송은 더 이상 들리지 않았다.(자기들끼리도 어서 끄라고 했다) 누군가 방송 스위치 끈 것이다. 그리하여 긴박하게 돌아갔던 노 잣돈 문제와 염불 방송은 중단되었다.

안도의 숨을 몰아쉬며 장의차에서 내리는 순간 우리 장의차 뒤에는 또 다른 장의차 한 대가 공원묘지를 향해 막 들어오고 있었다. 그리고 그 뒤에 교회차량도 연이어 도착하고 있었다. 이제 서야 내가 인도해야 할 장의차가 도착한 것이다. 우리가 늦게 도착한 것이 아니라 너무 빨리 도착하여 벌어진 해프닝이었다. 앞에 도착한 장례 차량은 처음부터 염불방송에 목탁을 치며 왔던 것이었다. 우리와는 전혀 상관없는 차인데 괜히 끼어들어 우리가 호통을 치고 만 셈이다.

우리말에 그들이 너무나 순종을 잘 하는 바람에 우리도 잠시 우리 행렬 이라고 속은 것이다. 그 들도 순간 뭐가 뭔지 모르는 상황 속에서 묘지에서는 다 그런가 보다 하고 순순히 따랐던 것 같다.

우리도 미안한 마음에 아무 말도 못하고 번지 수를 제대로 찾아서 묘지까지 가보니 거기에는 사이도 좋게 묘지 두 구가 나란히 있는 것이 아닌가? 앞에 도착한 그 사람들 묘지와 우리가 인도 할 묘지 바로 그 두 구였던 것이다.

나는 지금도 그 때 일을 종종 떠올리며 웃는다. 아마 김 장로님이나 장 장로님도 그 일을 잊지 않았다면 두고두고 웃을 일이다. 누구의 장례식인지 모르나 그 때 그 사람들! 염불 방송 못 듣게 하고 노잣 돈도 못 걸게 하려고 호통 친 것은 미안하게 생각하오. 그러나 한 가지 분명한 것은 그래도 예수님은 진리요. 너무 노여워 말았으면 좋겠소.

정을 뗀다는 것

　김제에서 부안으로 오는 택시 안에서 나와 아내는 눈물을 주체할 수 없었다. 이날은 김제 공덕 중앙교회에서 부안읍교회로 부임하는 날인 것이다.

　내가 공덕 중앙교회에서 시무한 기간은 일 년 반 정도가 채 되지 않는다.

　하지만 교회에서 정을 주고 받은 것으로 치자면 족히 십 오년 세월은 되었으리라 생각한다.

　지금도 당시 교회 동산에서 메뚜기가 뛰며 산새가 퍼덕이던 일들이 종종 생각난다. 큰 아이는 신나게 자전거를 타며 교회 언덕길과 인근도로를 누볐다. 때로는 교회 교사가 운영하는 피아노 학원 등에서 놀다가 집사님의 집까지 따라가는 아이의 천진난만이 있던 시절이기에 짧지만 기억이 오래 지워 지지 않는다. 그 만큼 공력을 많이 들였기 때문이요. 성도의 사랑을 많이 받았기 때문이다. 그래서 부안읍교회에서 청빙 받고 부임하는 과정은 쉽지는 않았다. 공덕 중앙교회에서 아쉬워하며 좀 더 시무하기를 원하는 장로님이나 교인들의 모습 때문이다. 그렇지만 장로님들의 배려와 성도들의 배려 속에 사임날짜와 이사날짜가 정해진 것이다. 이사 하는 날 성도들의 모습은 이삿 짐을 실어야 할지 말아야 할 지 난감한 모습들이었다. 어림잡아도 교인의 절반 가까이 나오신 것 같았다.

부안에서 온 한 떼의 성도들은 트럭을 가지고 와서 짐을 싣고 있다.

그러나 김제의 성도들은 멍하니 구경만 할 뿐이다. 아쉬워 그러는 것 같다. 이윽고 짐은 다 실어지고 세대 정도 되는 차량은 부안을 향해 출발 했다. 나와 아내와 모친 그리고 우리 집 세 아이는 개인택시를 하는 최 진식 집사님이 운전을 하는 차량에 올랐다. 부안에서 보낸 차량이다.

김제에서 부안까지는 약 30분 정도 면 족하다. 차에 올라 타 부안으로 향하던 우리가족 일행을 배웅하기 위해 교회 장로님들로부터 권사님. 집사님들 그리고 성도들이 집에 가지 않고 여전히 우리가 떠나가는 길목에서 보고 있다.

그 모습을 뒤로 한 채 떠나온 다는 것이 여간 힘든 것이 아니었다.

그 정을 떼어 놓고 부안읍 교회 마당을 밟기 위해, 좋은 모습으로 새로운 성도들을 만나기 위해 차안에서 눈물을 훔칠 수밖에 없었던 것이다. 한편으로는 성도들에게 너무 빨리 사임하고 부안에 온 것이 미안하다.

그리고 정만 들이고 서로 이별하게 되어 미안하다. 청년들은 한동안 내가 시무하는 교회를 몇 번 방문했다. 성도들과 정을 주고 떼기가 이렇게 힘든 것인가? 마음 속 깊이 깨달았다.

이제 부안에 와서 사역에 임한 지 벌써 십년 세월이 지나고 있다.

서른여덟이란 젊은 나이에 부임하여 어느덧 오십을 바라보는 나이가 되었다. 세월이 얼마나 빠른지 나의 목회 인생을 돌아보니 그렇다.

그 동안 많은 이들이 천국으로, 타 지역으로 이사하여 떠났다.

그리고 많은 새로운 얼굴들이 새로 이사하고 등록하였다.

사람은 이같이 바뀌어 가는가 보다. 세월 앞에 말이다.

이곳에서 사역하는 동안 장례예배 만도 이백 여건은 되었으리라 본다. 그 가운데는 장로님도 권사님도 성도도 있다. 그 뿐인가? 어린아이와 젊은이도 있다. 이것은 죽음 앞에 순서가 없음을 말해 준다. 누구나 하나님이 부르시면 가는 것이요, 또한 세상에 오는 것이다. 인간 마음대로 할 수가 없는 것이다. 혼인 주례만도 백여 건은 족히 넘었으리라 짐작해 본다. 그만 큼 만남과 헤어짐은 연속된다. 주님 오시기까지 계속 될 것이다.

부안읍교회를 몇 가지 자랑한다면 첫째는 성도들이 아직은 신앙 면에서 순수 하다는 점이다. 둘째는 교회 내 성도들이 그리고 어르신들이 쉴 수 있는 복지관이 있다는 점이다.(매일 중식 제공과 교육이 이루어지고 있고 운동할 수 있음) 셋째는 교회 어린이들이 꿈을 먹고 자랄 수 있는 예본 어린이집이 있다는 것이다. 넷째는 젊은이를 위한 교육 및 예방 기관인 사단법인과 상담소가 있다는 점이다. 다섯째는 성도로서 삶을 마감하고 갈 수 있는 잘 정돈 된 교회 묘지가 있다는 것이다. 그리고 여섯 번째는 잘 조성된 교회 전경이다.

물론 이것들은 모두 교회 장로님과 안수집사님 권사님 그리고 제직과 성도들이 힘을 합친 결과요 하나님의 은혜가 있었기에 가능했다고 본다.

앞으로 부안읍 교회는 설립 일 백 주년을 앞두고 단독선교사와 교회설립에도 박차를 가할 예정이다. 사람들을 키워 미래를 책임질 일꾼들을 양성하고 싶다.

부안읍 교회가 지역사회를 복음을 통해 이끌고 사랑으로 안고 나가는 역량 있는 교회가 되었으면 한다.

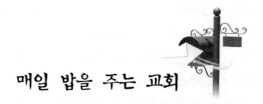

매일 밥을 주는 교회

앞부분 에서도 이미 언급 한바 있지만 우리 교회의 자랑 가운데 하나는 매일 중식이 준비 되어 진다는 것이다. 소망 복지관이 있기 때문이다.

소망 복지관은 말 그대로 성도에게 소망을 주는 곳이다. 나아가 지역 주민들에게도 소망을 주는 곳이다. 누구든지 와서 쉬며 운동 시설을 이용할 수 있는 곳이다.

나는 지금까지 교회에서 밥을 매일, 그것도 무료로, 제공하는 데를 본적이 없다. 일주일에 한번 정도라면 어렵지 않을 수도 있지만 매일 이라면 쉽지 않다. 쉽지 않기에 우리 교회가 하는 것이다.

과거 우리나라에 I.M.F 위기가 찾아 왔을 때 우리 교회는 매주 토요일마다 이웃 주민들에게 '이웃사랑실천' 이라는 슬로건 아래 점심식사를 제공하였다. 뿐만 아니라 한 달에 두 번 씩 미용 봉사도 해 드렸다.

당시 우리교회 식당에는 매주 토요일이면 약 50-70여명의 어르신들이 북적였다.

꼭 가난해서 라기 보다 사람들이 모이는 곳이기에, 정을 나누어 먹기위해 오시는 분도 많아 보였다. 동네에서 노시다가 우리 교회 차가 당도

하면 오시는 분도 계시고 스스로 오시는 분도 계셨다. 남자도 여자도 모여들어 점심의 맛에 흠뻑 빠져있는 그들의 모습을 볼 때 나는 교회로서 할 일을 하는 것 같아 배부르고 기뻤다. 우리 교회의 권사님과 여 집사님들은 음식 만드는 일로 분주했고 장로님들과 남자 집사님들은 음식을 나르느라 분주했다. 이런 일을 지속한 것이 약 육년 정도는 되는 것 같다. 그 후 우리 교회에는 소망 복지관이 지어졌다.

이제 토요일 중식제공은 옛 추억 속으로 사라졌지만 복지관에서 어르신들과 성도들이 그리고 주민들이 하루일과를 보낼 수 있다. 매주 월요일과 수요일에는 건강 체조교실이 열린다. 그리고 화, 목, 금은 매일 하나씩의 프로그램이 진행된다. 한글 배우기, 영어 배우기, 컴퓨터 배우기, 성경 읽기, 찬송 배우기 등이 그것이다. 나머지 시간은 의료 기기 및 운동기구를 사용하거나 취미생활을 즐길 수 있다. 사실 소망 복지관을 건축하기 까지는 약 6년 이상의 세월이 걸렸다.

매년 적립한 준비금을 비롯하여 본 교회 장로님(지금은 은퇴)가운데 거액을 기탁해 주신 분, 그 밖에 온 성도들의 합심한 마음으로 헌금한 것이 결실을 거두어 복지관 건립을 할 수 있었다.

하나님의 일은 홀로 할 수 없음을 느끼게 된다. 여러 사람들의 정성이 모일 때 가능한 것이다.

복지관 앞마당에 있는 꽃들도 때에 맞게 옷을 갈아입고 지나는 이들을 반긴다.

복지관 앞에서 한 분 두 분 들어가며 나가며 하는 모습을 볼 때 만족함과 배부름을 느낀다. 거기에는 밥이 준비 되어 있기 때문이다.

나는 어제 우연히 기(氣)를 생각 해 보았다. 이것은 기운을 북 돋운다는 氣이다.

기를 어떻게 북 돋우는가? 자세히 들여다보니 그 안에 쌀(米)이 들어 있기 때문이다. 이것은 놀라운 사실이다. 원기를 회복하고 힘을 기르며 에너지를 모으는 그 능력이 쌀에 있는 것이다. 밥의 힘인 것이다. 쌀(米)에 대해 좀 더 부언 하자면 쌀은 완전식품이다. 수중에서도 자라고 육지에서도 자란다. 또한 쌀(米)은 삶아서 밥을 지을 수 있지만 물을 많이 붓고 끓이면 죽이 된다.

따라서 밥을 먹지 못하는 자들도 염려할 필요가 없다. 아기나 노약자, 환자에 이르기까지 다양하게 죽은 사용된다. 쌀(米), 이것을 튀기면 쌀 튀밥이 된다. 또 이것을 쪄서 빚으면 떡이 된다. 참으로 쌀은 그 쓰임새가 다양하다. 이것을 변형하여 만든 밥들이 무엇인가 비빔밥, 콩나물밥 각종 국밥들이다.

요즘에는 쌀국수, 쌀라면, 쌀 과자등도 인기가 있다. 우리 교회 복지관은 언제든지 이 쌀(米)이 있어 밥을 짓고 나눌 수 있으니 행복하고 풍요롭다. 이 풍요로운 곳에 드나드는 모든 자들에게 그리스도의 사랑과 하늘의 소망으로 만족함이 있었으면 좋겠다. 밥을 통하여 원기를 회복하고 행복한 여생들이 되었으면 좋겠다.

착각 하는 사람들

사람들은 종종 자기 자신을 망각하고 직분이나 직책을 휘두르려 한다. 이로 인해 정도가 넘어 정치인 들은 비리에 연루 되고 돈에 매수가 된다. 전직 대통령의 아들들이 아버지의 권력을 자기 것으로 알고 남용하다 가지 못할 곳에 간 것도 권력 맛 때문일 것이다.

입맛은 잘 들여야지 잘 못 들이면 입맛을 버릴 수도 있다. 특히 사람은 돈에 대해 입맛을 잘 들여야 한다. 잘못하면 돈 입맛에 빠진다. 이것은 비단 정치세계에서만 있는 일이 아니다. 교회 안에서도 얼마든지 일어 날 수 있다. 목회자나 직분 자도 돈맛이나 권력 맛에 빠질 수 있다.

내가 부산에서 잠시 교회를 섬기던 시절 이상한 목사 한 분을 만나게 되었다. 그분은 참으로 이상하게도 이름에도 '이 상 '이란 글자가 들어 있다.

그 분은 말하기를 "병에 걸린 자는 자신에게 오면 다 고칠 수 있다고 말한다. 직전 교회 교인들도 자신에게 병 고침 받기위해 찾아온다는 것이다." 이 같이 자기를 과대 포장하기를 좋아했다.

그런데 묘하게도 성도들은 그분의 설교나 감언이설에 빠져드는 것이 아닌가? 교회는 그 분의 미묘한 속임수에도 알아차리지 못하고 있었다.

나는 그런 상황 속에서 교회를 사임했고 타향에서 개척을 하기에 이른다.

교회를 섬기던 자가 무작정 교회를 나오면 다음은 고생(苦生)길로 들어가는 것이다. 그 이후 나는 많은 고생을 했다.

아내는 임신 7-8개월쯤은 되었으리라 생각된다. 무거운 몸을 이끌고 이삿짐을 싸고 새로운 삶을 시작을 하게 된 것이다. 새로운 시작은 항상 어려움이 있기 마련이다. 당시 어려움과 스트레스에 시달리다 보니 나의 몸 상태 역시 좋지 못하였다. 그러니까 개척 당시 내가 겪은 어려움은 경제적인 것도 있지만 그 보다는 지역 목회자들의 텃새로 인한 어려움이었다. 나는 지역감정의 벽을 실감해야 했다.

호남 사람이 영남에 와서 당돌하게 목회한다는 것이며 그것도 개척을 한다는 것이다. 그러므로 노회 가입도 쉽지 않았다. 개척 당시 나는 새벽 기도회를 드릴 때 거의 매일 코피를 쏟은 적이 있다. 나는 그 때 마다 화장지를 말아서 한쪽 코를 막고 새벽 기도회를 나갔다. 다행히도 하나님은 한 쪽은 코피나지 않게 해 주셨기 때문에 한쪽으로 호흡을 할 수 있었다. 이렇게 지내기를 한 달가량 지속 했을까?

어느 날 나는 몸에 이상이 오는 것을 느꼈다. 온몸에 경련이 일어나며 갑자기 발이 허공에 뜨는 것이다. 정신이 혼미한 상태에서 온몸이 떨렸고 나의 하체 부분이 하늘로 말리는 것 같았다. 나는 이때 상태를 무어라 표현할 길이 없다. 나보다 더 자세하게 이 일을 아는 것은 나의 아내라고 본다. 당시 내 아내는 나를 옆에서 지켜보았기 때문이다.

그렇게 하체 부분이 말려 올라가기를 약 30분가량 했을까? 나는 병원에 가봐야 할 것 같아 아내와 함께 택시를 잡아타고 병원에 가서 그 밤에 병원의 신세를 지고 하나님의 은혜로 회복 한바가 있다. 나는 지금도 그 때 내 몸의 현상이 궁금하다. 그 뒤에는 한번 도 이와 똑같은 증상은 겪지 않았다. 사람이 심각한 스트레스를 받으면 이 같은 증상을 겪을 수 있음을 알 수 있었다. 하지만 나의 목회에 힘을 주는 이들이 있었으니 약 20-30명가량의 교회성도들이다. 또 당시 반송 서부 교회(이 상순 목사님 지금은 은퇴 하셨음)목사님이 계셨다. 바로 그 목사님이 나를 자신의 노회(함남 노회)에 가입 시켜 준 것이다. 이것이 내가 서른한 살 때 경험이다. 지금도 그 고마운 분들은 나의 뇌리 속에 남아 있다.

　세상에 어떤 이들은 권력을 하나님의 주신 것으로 알고 겸손하게 사용하는 분이 있는가 하면 어떤 이들은 남용하는 이가 있다. 이것은 노회나 총회 혹은 감투 쓰는 자리에 가 보면 알 수가 있다. 그 들은 직위나 어떤 자리가 권력인 줄 안다. 또 자기만의 독점물이라 여긴다. 이것은 모두 교만 때문이라 본다. 또한 이기주의적 산물이라 본다. 자신이 아니면 안 된다는 사고방식에서 나온 병폐인 것이다. 세상 정치인이나 교회 직분 자나 하나님이 주신 직위로 알면 교만 할 것도 없을 텐데 왜들 그러는지 모르겠다. 나는 오늘 목회자로서 초심을 잃지 않고 있는 지 자문해 본다.

강도를 만나다

　내가 지금까지 부안읍교회에서 시무한 햇수가 금년(2008년)으로 만10 년이 넘어가는 해이다. 내가 부안읍교회에 부임 하던 날 도열하여 서있는 성도들의 박수 갈채를 받으며 식당으로 입성하던 그때를 잊을 수 없고, 성도들이 준비한 총 천연색 음식과 요리사를 울릴만한 음식 솜씨 또한 잊을 수 없다. 아마 꽤 비싼 음식 준비금이 들어갔으리라 생각된다. 내가 시무하는 교회 성도들이라 그렇게 말하는 것이 아니다. 읍 교회 성도들의 음식 솜씨는 그 만큼 알아 줄만 한 솜씨다. 음식 잘 하는 요리사들이 많다 는 얘기다.

　내가 시무하는 교회를 통상 '읍' 교회라고 부른다. 정확하게 왜 그렇게 부르는지 몰라도 부안읍을 '읍'으로 축약해서 부르는 것 같다.

　내가 부임하여 십년 세월 있으면서 기쁜 일도 슬픈 일도 많이 있었다.

　다행스러운 것은 부안의 인구는 줄었어도 우리교회 성도의 숫자는 줄 지 않았기 때문이다. 오히려 조금은 나아 진 것이 하나님의 은혜인 것 같다.

　단 교회 학교 학생 수는 인구감소의 영향을 받고 있다.

　목회자가 시무 기간 기쁘고 보람된 일은 뭐니 뭐니 해도 성도들의 변화되어 가는 모습이라고 생각된다. 사람이 아닌 하나님을 기쁘시게 하기 위해 노력하는 성도들을 볼 때 나의 마음은 한량없이 기쁜 것이다. 주일을 지키지 못하고 임의대로 살던 자가 주일을 하나님의 날로 지킬 때 목회자는 기쁘다. 십일조나 각종 헌물을 아까워서 못하던 성도가 담대함으로 하나님께 바칠 때, 봉사를 하지 못하던 자가 기꺼이 봉사의 대열에 합류할 때, 기도 생활 못하던 자가 기도의 대열에서 부르짖을 때, 목회자에게 떼만 쓰던 자가 성숙해져 목회자의 마음을 알아주는 자 되었을 때 목회자의 마음은 기쁜 것이다.

성도의 성숙은 목회자의 보람이라 해도 과언이 아니다. 그것은 등식과도 같다. 성도의 변화가 더디면 더딜수록 목회자는 에너지가 소진 되어 가는 것이다. 그러나 간혹 기대하지 않던 자가 은혜 받고 변화되어 성숙해 져 갈 때 목회자의 마음은 시원한 것이다.

호사다마(好事多魔)라고나 할까 부안읍교회가 점점 성장해 가던 어느 날 나는 예기치 않은 일을 만나게 된다. 지금부터 약 5-6년은 지났으리라 생각된다. I.M.F의 어려움 때문인지 사택에 강도(强盜)가 든 것이다.

그냥 도적(盜賊)이 아니라 복면을 하고 손에 칼을 든 강도인 것이다. 때는 맥추 감사 주일을 막 지낸 월요일 새벽녘 이었는데 아마도 헌금을 목회자인 내가 보관하고 있는 줄 알았던 모양이다. 강도는 긴장에서 그런지 아니면 복면 때문인지 상당히 말씨가 어둔해 보였다. "해치지 않을 테니 헌금한 돈을 내라."고 했다. 나는 몸은 약해도 전투경찰 출신이다. 그래서 잠귀 하나는 밝다. 따라서 코고는 사람과는 잠을 잘 수가 없다. 그만큼 예민한 편이다.

그러므로 이날도 아무리 피곤해도 문이 열리는 소리와 함께 나는 소리 쳤다. "누구냐, 뭐 하러 왔느냐." 헌금한 돈을 요구하는 강도에게 나는 타일렀다. 헌금을 목사가 보관하는 경우가 어디 있는가? 다 관리 하는 분이 따로 있으니 좋은 말 할 때 주는 거나 가지고 가라." 했더니 한참을 머뭇

거리다 얼마간의 돈을 챙겨 가지고 강도는 달아났다. 나는 강도가 간 뒤 생각해 보았다. 얼마나 형편이 어려웠으면 교회 사택을 털려고 방문했을까? '내가 목회자가 아니었으면 나에게 이러한 강도를 만날 기회가 찾아왔을까? 이렇게 보면 이것도 예수님 때문에 얻은 영광인가 보다.' 라고 생각했다.

예수님은 말씀하셨다. "도적이 오는 것은 죽이고 멸망시키려는 것뿐이요 내가 온 것은 양으로 생명은 얻게 하고 더 풍성히 얻게 하려는 것이라."고 했다. 강도에게 바라기는, 거액은 아니지만 그 돈으로 예수님을 믿는 믿음을 샀으면 좋겠다. 교회까지 왕림(枉臨)하고 또 사택에 들어 왔으니 꼭 예수님을 만나 새사람 되기를 소원해 본다. 그 뒤 사택의 문은 밤에는 잠근다.(그 일이 있기 전엔 항상 열어 두었음)

예방을 위해서다. 질병에만 예방접종이 있는 것이 아니라. 문단속도 예방(豫防)이 필요함을 처음 알았다.

사람은 심리적으로 쉬운 곳을 찾아 죄를 지을 생각을 한다. 이런 생각을 갖지 못하도록 하기 위해서다. 목사의 깊은 뜻을 알고 밤에 대문 닫힌 것을 이해 해 주길 바라는 마음이다.

새내기 예본 어린이

한 아이가 "으앙" 하고 울고 있다. 오늘 엄마와 처음 떨어져 어린이집 생활을 하려고 하니 막막한 가 보다. 사진관 아저씨도 입학식 사진 찍기가 쉬운 일이 아니다. "자 아저씨 코가 없어진다. 잘 보거라." 목청을 돋운다. 주목케 해서 사진 찍으려 하지만 애를 먹는다. 입학식 사진을 조금이나마 예쁘게 찍어 주려는 마음인 것이다. 하지만 아이의 울음은 여전하다. 서럽기 까지 한 모양이다. 결국 아이는 선생님 차지가 되고 만다. 이제 서러워도 어쩔 수 없다. 어린이집에 적응해야 하는 것이다. 아이의 마음은 무엇일까? 엄마 생각 그리고 집 생각 때문일까? 그 이유만은 아닐 것이다. 더 정확히 표현 하자면 자신을 낯선 곳에 맡겨두고 냉정하게 가버린 야속한 엄마에 대한 항변이다. 선생님에게 물어보니 그래도 일주일이면 적응한단다. 얼마나 다행인지 모른다. 계속 울어대면 아이를 맡긴 엄마 마음도 편 할리 없을 것이고 또 어린이를 돌보는 선생님도 힘이 들 것이다. 하지만 울고 있는 새내기도 머지않아 어린이집 생활에 잘 적응을 한다하니 내 마음이 좀 편안 해진다.

오늘은 예본 어린이집 입학식이 있는 날이다. 지난해 다닌 아이와 금년

새내기와 차이가 그렇게 달라 보일 수가 없다. 새내기들은 아직 얼떨떠한 모양이다. 실내 안의 분위기만 살핀다. 또 친구들의 움직임을 주시한다. 여차하면 울음을 터트릴 자세다. 울음은 아이들이 가지고 있는 최대의 무기인 것이다. 하지만 작년 입학생은 다르다. 벌써 앙증스러운 여우가 다 되어 있다. 선생님 눈치도 보고 떠들다가도 재빨리 사태파악을 한다. 엄마가 안 보여도 결코 문제가 되지 않는다. 선생님의 지시와 구령에도 척척 대답한다.

어떤 차이일까? 적응이 되었다는 것과 적응이 되지 못했다는 차이가 아닐까? 나는 어린이집을 이따금 들러서 예배를 인도하며 혹은 수업하는 광경을 보기도 한다. 연초에는 산만하던 아이들이 질서가 잡히고 공부에 열중하는 모습을 보노라면 신기하기까지 하다. 나는 때로는 저들의 모습 속에서 장래의 어른을 본다. 각 계의 지도자들을 보는 것이다.

그렇다. 어린이 한 사람 한 사람이 모두 소중하다. 장차 이 사회와 나라를 이끌어갈 주역들이기 때문이다. 지금은 자녀를 많이 출산하지 않기 때문에 과거에 비해 더 애지중지 한다. 부모가 자녀에 대해 거는 기대가 대단하다.

지난 졸업식 때 열기를 보니 알 것 같다. 열기는 정말 뜨거웠다. 아이들은 약 80여명 되는데 축하객은 200여명은 되는 것 같았다. 졸업 식전 행사로 발표회가 시작되자 아이의 재롱모습을 사진에 담으려는 엄마 아빠의 발걸음이 빨라진다. 이 때 만큼은 엄마도 아빠도 카메라맨이 되었다. 열 띤 취재경쟁이 한바탕 벌어진 것이다. 부모는 아이의 표정 하나라도 놓칠세라 안절부절 못하고 있다.

나는 신학기가 시작된 지금 예본 어린이집에 다니는 예본의 꼬마 친구들이 잘 적응했으리라 믿고 또 선생님들은 꼬마친구들을 주의 사랑으로 잘 대해 주기를 바란다.

인간은 0-6세 사이에 많은 것들을 배우고 익힌다. 삶의 가치기준을 좌

우할 만한 것들이 이 시기에 형성되는 것이다. 프로이드의 발달이론을 보면 0-1세를 구강기(구순기)라 했다. 엄마의 젖을 빨면서 쾌감을 느끼는 때이다. 만일 적절한 쾌감을 얻지 못하면 물건에 대한 소유욕이 강해지고 다른 사람을 불신하게 된다. 다른 사람과 친밀한 관계를 형성하기가 어렵게 된다는 것이다.

이 시기를 에릭슨은 신뢰감을 형성하는 시기로 본다. 신뢰감이 형성되지 못하면 불신하게 된다. 이시기를 에릭슨은 애착관계를 맺는 시기라 했다. 엄마를 자신의 곁에 항상 붙여 놓으려고 아이는 힘쓰고 있는 것이다. 이것을 이루기 위해 아기가 하는 일이 무엇인가? 하나는 미소작전이요 다른 하나는 울음이다. 아기는 엄마가 자기를 항상 봐 주기를 원하고 있기에 때로는 미소로 때로는 울음으로 대응하는 것이다. 아이가 미소작전을 펼쳐도, 눈물로 호소해도, 엄마가 반응해 주지 않으면 아이는 세상과 어른들에 대해 불신하게 되는 것이다. 그러므로 0-1세 단계가 얼마나 중요한가? 세상과 어른들과 신뢰감을 잘 형성할 수 있는가 여부가 엄마 젖을 먹을 때에 형성되니 말이다.

1-3세는 어떠한가? 이 시기를 프로이드는 항문기라 했다. 배변을 통해 쾌감을 경험하는 시기이다. 그러므로 이때에 어떤 배변 훈련을 아이에게 시키는가 여부에 따라 그 성격이 형성 되는 것이다. 만일 너무 아이에게 엄한 배변 훈련을 시키면 아이는 강박적이고 결벽성이 있는 성격소유자가 된다. 인색한 자로 자라날 소지도 있는 것이다. 또 일관성이 없이 배변 훈련을 시킬 때, 예를 들어 "우리아기 응가 참 예쁘게 쌌네." 하고 "어떤 때는 또 응가 했어 나쁜 녀석." 하고 야단을 치면 아이는 일관성 없는 엄마의 태도에 반항심이 생겨나고 성격이 폭발적인 성격이 된다.

뿐만 아니라 에릭슨은 이시기를 자율성을 키우는 시기로 본다. 이때 자율성이 제대로 형성 되지 못하면 아이는 수치심을 유발하게 된다. 이때에 부모가 너무 지나치게 제한해도 아이는 비정상적인 성격을 가질 수 있다.

반대로 부모가 모든 것을 다 해 주어도 좋지 않다. 이 시기는 아이가 적절하게 세상을 탐험할 수 있도록 해 주어야 한다.

3-6세는 어떤가? 프로이드는 '남근기'라 해서 성기로부터 쾌감을 느끼는 시기라 했다. 이 시기는 오이디푸스 콤플렉스가 생기는 시기이며 어머니와 아버지 그리고 자신으로 이루어지는 삼각관계를 의식하게 된다. 라이벌 의식 속에서 삼각관계를 두려워하기도 하지만 동성의 부모를 따라하기도 한다. 이 시기에 성역할에 따라 초자아가 발달하는 것이다. 그리고 부모의 가치관을 내면화하기도 한다.

에릭슨은 이시기를 '학령전기'라 해서 '주도성'이 발달하는 시기로 보았다. 즉 초자아가 싹터서 행동 할 것을 한다는 것이다. 자율성을 바탕으로 주도적으로 세상을 탐색하는 것이다. 이때 탐색이 잘 되어 성공체험이 많으면 자신감 있는 아이로 성장하지만 실패체험이 많으면 자신감이 결여 될 수 있다. 그러므로 너무 엄하게 탐험을 제한하지 말고 성공체험을 많이 하도록 도와주어야 한다.

에릭슨은 6-12세는 학령기라 해서 근면성을 발달시키는 때라 했다. 이때는 교사나 친구들에게 인정받고 싶은 욕구가 있다는 것이다. 이때 적절한 인정을 받지 못하면 아이는 열등감을 가지게 된다. 프로이드는 이 시기를 가리켜 잠재기라 해서 동성친구들과 친밀한 관계를 형성하는 시기로 보았다.

에릭슨은 12-16세를 청소년기라 해서 자아 정체성이 확립되는 시기로 보았다. 청소년기에는 고독을 느끼는 시기라 했다. 그렇다. 인간은 한 번에 다 자라는 것이 아니라 발달 단계에 따라 자라나는 것이다. 이와 같이 발달 단계가 있으니 시기마다 환경이 얼마나 중요한지 모른다.

삐아제(Piajet)의 인지발달 이론을 보면 0-2세는 감각 운동기라 했고, 2-7세를 가리켜 전 조작기라 했다. 아직 논리적인 사고를 못한다는 말이다. 이시기는 아직 개념이 정립되지 않은 시기이다. 그래서 아이는 귀찮

을 정도로 "이거 뭐야 저거 뭐야."말을 해대는 것이다.(2-4세)

또한 4-7세경에는 "왜 그러는데" 라는 말을 많이 한다. 더 나아가 전조작기 시기의 아이 특징은 한 번에 하나씩만 볼 수 있다. 개념이 없으니까 그런 것이다. 이것을 중심화라 부른다. 자기 중심화란 남도 자기처럼 생각한다고 믿는 것이다. 그러므로 아이들이 모인 곳에는 항상 "재잘 재잘" 자기 이야기만 늘어놓기 일쑤다. 남의 말을 좀처럼 귀 기울여 듣지 못한다. 그 이유는 느낀 대로 말하고(직관적 사고)자기 중심화 되어 있기 때문이다.

그러므로 어린아이의 상태를 잘 알고 교육에 임한다는 것은 매우 중요하다. 이 시기에 인간의 인성, 품성들이 상당부분 결정되기 때문이다. 인간의 발달 단계에서 어떤 환경을 접하느냐는 아이의 미래에 큰 영향을 줄 것이다. 따라서 부모와의 관계, 교사와의 관계는 매우 중요하다.

따라서 우리 예본 어린이집의 사명 또한 크다고 본다. '예본' 이라는 이름은 예수님을 닮는다는 뜻이다 예 본의 어린이들이 모두 예수님을 닮아 훌륭하게 잘 자라주었으면 좋겠다. 지혜나 지식, 그리고 신앙과 예절 면에서도 앞서가는 어린이가 되었으면 하는 바람이다.

나는 오늘 소리쳐 말해주고 싶다. "지금까지 예본의 이름으로 배출된 많은 친구들이여. 꿈을 펼치라! 소망을 가지라! 이시대의 주역이 되어 민족과 세계를 품어라!" 그리고 오늘 입학한 새내기들이여 그대들에게 어린이집이 즐겁고 유익한 곳이 되었으면 좋겠다.

잊혀져 가는 것

　"편지" 이름만 들어도 그것은 설레 임이다.

　편지는 사람의 마음을 기쁘게 한다. 더욱이 기다리던 사람의 편지라면 얼마나 더하랴! 군대에 간 아들의 편지, 사랑이란 이름으로 기다리는 연인의 편지, 또 우정을 나누던 친구사이의 손때 묻은 편지 이 모두가 다 그리움의 대상이다.

　당사자가 아니면 알지 못할 것이다. 그 그리움의 정도를 말이다. 편지 보내는 이가 딱히 없어도 편지는 기다려지는 것이다. 편지는 그런 면에서 그리움이다. 오다 가다 우체부를 만나기라도 하는 날에는 누구네 집에 갔다 왔을까 궁금하기 짝이 없다. 편지가 그리우니 우편배달부도 덩달아 그립다. 적어도 이것은 과거 내가 어릴 적 풍속도이다. 우체부가 어느 집으로 들어가나 보고 우리 집으로 들어가는 것 같으면 궁금해서 놀다가도 집 앞을 얼씬거려 본다.

　하지만 지금은 편지를 기다리는 사람이 많지 않다. 정보 통신에 밀려 먼 나라 이야기가 된지 오래다. 엄마와 딸의 대화 에서도 "엄마 오늘 뭐 해. 시간 있으면 그 백화점 알지 그리로 11시까지 나와 내가 맛있는 것

사줄게.", "그래 알았다. 나갈게." "애야. 너 시간 있으면 차 가지고 오후2시 까지 우리 집에 좀 와라 아빠가 몸이 안 좋아. 병원 좀 가 봐야겠다.", "엄마 알았어. 내가 차 가지고 빨리 갈게." 대화는 신속하고 간결하게 진행된다. 더 나아가 통화하기 싫으면 문자를 보내면 된다. 얼마나 편리한 세상이 되었는지 모른다. 하지만 언제부터인가 우리는 속박 되어 버렸다. Cell Phone이 없으면 아무것도 못하는 문맹이 된 것이다. 지나가는 청소년이나 젊은이들을 보면 손에 손마다 약속이라도 한 듯 무엇인가 들려져 있다. 정보 통신의 산물 Cell Phone 인 것이다. 이제는 초등학생들도 마찬가지다.

안가진 자는 소외가 되는 모양이다. 나는 아이가 셋이나 되지만 큰 아이 중3될 때 까지 사주지 않았다. 꼭 돈 때문이 아니라 그다지 필요가 없을 것 같아서였다. 그런데 둘째가 중학생이 될 무렵 졸라대는 것이 아닌가? 사 달라는 것이다. 다른 아이들 앞에서 자랑하고 싶었는지 아니면 누구나 가지고 있기에 자존심을 세우려 했는지 모르지만 여러 날을 졸라대서 하는 수 없이 둘째와 약속을 했다. Cell Phone 한 개를 사서 셋이 골고루 가지고 다니는 것으로 이를테면 흥정을 한 것이다. 단 요금은 3만원을 넘지 않는 범위에서 조건부로 말이다. 어려운 협상 끝에 아이들 것을 구매했다.(공부도 이전보다 잘 하겠다는 다짐과 함께)

이제 우리 집은 Cell Phone이 두 개가 되었다. 나와 아내가 공동으로 사용하고 있는 것 하나, 아이 셋이서 같이 쓰는 것 하나다. 구두쇠라서가 아니라. 여러 개 있을 필요를 느끼지 못하기 때문이다. 이런 면에서 나는 시대에 한참 뒤진 모양이다. 옛것을 고집하고 있으니 말이다. 어찌 되었든 나도 즐겨 가지고 다니지 않는 Cell Phone을 아이들에게 사주었다. 얼마 후 요금 고지서가 날아왔다. 아내와 내가 함께 쓰는 것은 많이 나와도 2만원 전후이다. 그런데 아이들이 쓴 것은 얼마인가? 3만원을 훌쩍 넘은 것이다.

요금 고지서를 아이들에게 보여주면서 왜 요금이 많이 나왔는지 말해 주었다. 그것은 게임이나 인터넷 사용료였던 것이다. 주의를 주고 한 달이 지난 뒤 다시 요금고지서를 받아보니 이번에도 마찬가지다. 다음 달에도 여전히 기대는 빗나갔다. "한 번만 더 3만 원 이상 나오면 그 때는 취소할 거야." 엄포도 놓아 보지만 아이들은 실감을 하지 않는 모양이다. 그 때 마다 말로는 지키겠다고 하지만 소용이 없는 것이다. 급기야 몇 달 후 7만원, 9만원 상당의 요금이 나온 것이다. 아내는 Cell Phone을 가지고 구매한곳에 가서 상담을 하였다. 요금을 많이 사용하지 않는 방법을 상담한 것이다. 그래서 지금은 요금의 상한선을 정하여 묶어 두고 있다. 하지만 지금도 3만원에 가깝다. 더는 좁히지 못할 모양이다. 이 정도에서 져 주어야 할 모양이다. 하지만 뭐가 그리도 문자가 많은지, 통화할 데가 어쩌나 많은지 내 상식으로는 이해가 안 간다. 요즘아이들을 내 어릴 적 살던 편지시대로 돌려놓으면 어떨까! 엉뚱한 발상을 해본다. Cell Phone의 전성시대에 잊혀져가는 편지가 그리워진다.

잘 산다는 것

3월의 봄볕이 겨울의 찬 공기를 몰아내고 우리네 옷을 가볍게 했다.

어떻게 사는 것이 잘 사는 것인가? 이것은 가끔 생각해 보는 나의 일상의 주제이다.

잘 산다는 말은 Well being 이다. 그런데 이것 외에 한 가지 더 생각할 것이 있다. 그 것은 잘 사는 것보다 잘 죽어야 한다는 말이다. 잘 죽는다는 말은 Well dying이다. 이 두 가지를 모두 염두에 두는 사람이라면 잘 사는 사람이 될 수 있을 것이다. 돈이 많다고 결코 잘 사는 것이 아니다. 나는 목회를 하면서 부잣집도 가보고 가난한집도 방문해 본다. 집안의 집기며 물건들 즉 가재도구의 차이는 있어도 이렇다 할 차이는 느끼지 못한다. "부자도 밥 세끼 간난한자도 밥 세끼" 라는 말처럼 노숙자 신세가 아니라면 밥 세끼는 먹을 수 있다. 우리나라 사람들은 지나치게 부자가 되려고 한다. 과거 가난의 흔적을 지우기 위해서 인지 모르겠다. 그래서 그런지 평수 큰 아파트를 선호한다. 값비싼 것도 선호한다. 남에게 보이기 위해서다. 그러나 중요 한 것은 얼마나 가졌는가에 있지 않다.

얼마나 잘 살았는가 일 것이다. 얼마나 삶을 질적으로 가치 있게 살았느냐? 이것이다. 우리주변에서 가끔 남을 위해 헌신하고 희생했다는 사람들을 접하게 된다. 이런 사람이 흔치는 않다. 아무나 할 수 있는 일이 아니기 때문이다.

전주시 노송동의 익명의 사람은 수년째 천사로 살고 있다. 이름을 밝히지 않은 채 어려운 이웃들에게 써달라고 상당한 돈을 어딘가에 놓고 사라지기 때문이다. 천사는 사람의 육안으로는 확인 할 수 없다. 물론 천국에서는 볼 수 있을 것이다. 그렇다면 지상의 천사는 누구인가? 바로 선한 이웃 그 들이 아닌가? 그렇다면 노송동에 산다는 이 사람도 분명한 천사다. 이 시대에 어둠을 밝혀 주는 천사 말이다. 가지려고만 하는 이 시대의 천사 말이다. 부자만 되려고 하는 이 세상의 천사 말이다.

누구도 자기의 것이 아깝지 않은 자가 없다. 그러기에 자기 것을 내어놓는 자는 귀하다. 자신이 아닌 어려운 이웃을 생각할 수 있는 자라면 그의 삶은 가치가 있다.

이 땅에 예수님이 오신이유가 무엇인가? 인생들의 죄악 때문이다. 인생들의 죄를 해결해 주시기 위해서 예수님은 십자가에도 기꺼이 올라가셨고 목숨까지도 내어 놓으셨다. 따지고 보면 이웃들을 위해 예수님 자신의 생명을 내어 놓으신 것이다. 그 예수님께서는 오늘 우리 인생들에게도 요구 하신다. "너희가 나를 따르려면 너희 십자가를 지고 나를 따라 와야한다고." 십자가를 지고 예수님을 따르는 것은 바로 예수님이 걸어가신 자취를 본받는 것이다. 남을 위해 희생과 헌신을 하는 것이다.

요즘 우리 교회는 대 심방(尋訪)기간이다. 심방이라 함은 예배당에 가서 예배를 드리던 평소와는 달리 교회에서 심방 대원이라는 조직을 편성하여 그 심방대가 각 가정을 찾아가 그 가정의 신앙상태와 애로사항을 듣고 하나님께 예배를 드리며 기도를 하는 것을 말한다.

내가 부안에 와서 각 교인들의 가정에 대 심방을 한지도 벌써 열한 번째를 맞이한다.

나는 심방을 통해 각 사람의 신앙의 정도를 파악할 수 있다. 어떻게 아는가? 그 사람의 예배드리는 자세와 심방 대원들을 대하는 자세를 보면 안다. 또 몇 가지 대화를 통해 그의 가정의 관심사가 무엇이며 그가 소중히 생각하는 것이 무엇인가를 발견할 수 있다. 어쩌면 심방대원들을 대하는 자세가 훗날 주님 다시 오실 때 주님을 맞이하는 태도가 아닐런지 생각해 본다. 그렇다. 심방 대원들을 맞는 자세나 훗날 주님을 맞는 자세는 분명 상관성이 있을 것이다. 더 나아가 우리 이웃들을 대하는 태도와 선행은 분명 주님에게 행한 것이 될 것이다. 오늘 나는 선을 위해 얼마나 분주한가? 오늘 나는 나 아닌 다른 사람들의 아픔에 얼마나 민감한가? 하나님의 분부하신 말씀에 얼마나 복종하며 사는가? 이런 생각을 해 본다. 우리 시대에 더 많은 천사들이 기다려짐은 왜 인지 모르겠다.

광야(廣野)에서 외치는 자의 소리

제3부

더러운 마음

안양 초등생 실종 사건이 일어 난지 약 80여일 만에 그들은 싸늘한 주검이 되어 돌아왔다. 재롱떠는 아이들의 모습이 아닌 다른 나라 아이들로 우리 곁에 온 것이다. 사람이 얼마나 악할 수 있는가? 혜진 이와 예슬 이의 죽음 앞에서 나는 묻게 된다. 물론 피의자 정씨에게 "왜 그랬느냐고!" 이유를 대라고 하면 나름대로 이유를 댈 것이다.

그러나 그 이유를 누가 공감할 수 있으랴! 대부분의 흉악범죄자들에게는 남다르게 분노가 많다. 그 분노를 다스리지 못하면 큰 사고를 내고 마는 것이다. 사람이나 가정 그리고 사회가 자신을 버렸다고 믿기에 그 들은 어딘가에 분노를 퍼부을 대상을 찾고 있는 것이다. 그러다가 누군가 걸려들면 쌓았던 분을 그 곳에 쏟아 부으므로 사건과 애매한 죽음이 발생하는 것이다. 애매하게 죽은 아이의 부모 마음은 얼마나 아플까? 평생 잊지 못할 충격으로 잠을 설치게 되고 악몽에 시달리며 더 이상 행복한 마음을 같기가 쉽지 않을 것 같다. 이런 경우를 두고 마음이 찢어지는 아픔이라고 표현할 수 있을지 모르겠다. 왜 하필이면 우리아이였느냐고 하나님을 원망 할지도 모르겠다. 그렇다. 분노를 잘못 쏟으면 그 것으로 끝나지 않는다. 또 다른 사람에게 분노를 옮겨 놓고 마는 것이다. 그러면 또 누군가는 그 사건과 그 사고에 연루되어 피눈물을 흘리고 애간장을 녹인다.

가인은 인류사상 최초의 살인자이다. 동생 아벨을 무참하게 살해 했다. 왜 죽였는가? 그 이유는 자신의 제사는 하나님이 받지 아니하고 아벨의 제사만 하나님이 받았기에 분에 못 이겨 죽이고 만 것이다.

시기심이 그를 죽게 한 것이다. 분노가 살인을 부른 것이다. 예수님께서는 무엇이 사람을 더럽게 하는가? 가르쳐 주셨다. 먹을 때 손을 씻지 않는 다고 더럽게 되는 것이 아니라고 하셨다. 설사 손을 씻지 않았다 해도 그 음식은 배를 통해 결국 배설 되니 괜찮다는 것이다. 그러면 진정 사람을 더럽히는 것은 무엇인가? 그 것은 입으로 들어가는 것이 아니라고 했다. 바로 사람마음이 사람을 더럽게 한다는 것이다. 즉 외부의 요인이 아니라 내부의 요인이 자신을 더럽게 한다는 것이다. 부패된 마음 거기에서 온갖 더러운 것들이 나온다는 것이다. 살인이나 간음이나 거짓 그 밖에 여러 행동들이 부패된 마음에서 나오는 것이다. 손을 잘 씻거나 정결한 음식을 먹는다고 해서 인간의 마음까지 깨끗케 하지는 못한다는 것이다. 그러면 마음을 깨끗하게 하려면 어떻게 해야 하는가? 하나님의 마음을 가지면 된다. 하나님의 마음은 어떻게 가질 수 있는가? 하나님을 모시고 사는 것이다. 인간의 더러운 속성들이 꿈틀 대지 못하도록 하나님의 마음을 가지고 사물을 보고 사람을 대하는 것이다. 하나님의 입장으로 말도하고 행동도 하는 것이다.

그러면 상대가 불쌍히 여겨지고 사랑스러운 마음이 들게 될 것이다. 하나님이 인간을 불쌍히 여겨 주시고 은혜와 자비를 베풀어 주셨듯이 하나님의 마음을 가지고 사는 자마다 하나님을 닮아 가게 될 것이다. 하나님의 뜻을 실천하며 살 수 있을 것이다. 흉악한 범죄가 일어날 때 마다 사람들은 말한다. "밤거리나 한적한 곳을 다니기가 무서워요. 사람들이 무서워요." 왜 이리도 무서운 세상이 되었는지 모르겠다. 더러운 마음들을 다스리지 못한 까닭이다.

약자와 부녀자도 밤거리를 안전하게 다닐 수 있는 날을 꿈꾸어 본다.

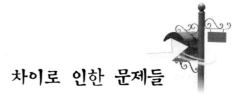

차이로 인한 문제들

나는 지금까지 많은 신랑 신부에게 주례를 서 부부의 연을 맺어 주었다.

아마 백 쌍 정도 주례를 서 주지 않았나 생각된다. 그러니까 내 나이 서른세 살부터 주례를 섰고 지금 오십이 가까운 나이가 되었으니 일 년에 다섯 차례만 계산해도 그런 것 같다. 주례자의 마음은 "이 사람들이 행복하게 잘 살아야 할 텐데"하는 그런 마음이다.

아직까지 내가 주례한 것이 잘못되어 헤어져 사는 부부는 없는 것 같아 그나마 다행이다. (혹 모른다. 내가 알지 못하는 사이 이혼했는지) 하지만 사별한 경우는 있다. 이런 소식을 접할 때는 무거움도 있다. "일생 행복하라고", "일생 사랑하며 살라고 권면 했는데 말이다." 벌써 금년에도 몇 차례 주례를 맡아 결혼식을 인도해 주었다. 부디 행복하게 잘 살기를 바란다.

행복하게 산다는 것은 무엇인가? 상대방을 진심으로 이해할 때 가능하다. 상대를 배려할 때 가능해진다. 나도 내 아내와 결혼 한 지 벌써 금년에 십 팔년 째를 맞게 된다. 나 역시 결혼할 때는 막연한 꿈만 있었지 남녀의 차이를 제대로 알지도 못하고 이해하지 못했다. '여자는 남자에게 무조건 복종하고 남자는 여자를 무조건 사랑하면 되겠지. 그저 이 정도 하면 잘 되겠지.'이런 생각이 전부였다. 하지만 살다보니 그 원칙만 가지고 되지 않는다는 것을 깨닫게 되었다. 자존심이 피차 상할 때도 있는 것이다. 또 계획이나 꿈을 이루어야 할 때 앞만 보고 달리다 보면 아내는 이미 피곤해 지쳐 있을 수도 있는 것이다. 나는 목회를 하다보니 남달리 많은 이사를 했다. 준비가 되지 않았는데 갑자기 이사 할 때도 있고 몇 달도 안 되어 이사를 해야 할 때도 있다.

이런 상황이 여자들에게는 얼마나 많은 스트레스가 되는지 깊이 깨닫지를 못했다. 나의 가정은 남달리 꿈이 많이 있었기에 많은 계획을 세우고 공부도 했다. 아내는 아내대로 임신한 상태에서도 공부했고 출산한지 삼일도 안 되어 공부 때문에 겨울의 차디찬 거리를 활보해야만 될 때도 있었다. 지금 생각하면 너무 무리한 계획이었다. 그래서 그런지 아내의 건강은 좋은 편은 못된다. 앞만 보고 무리하게 달려 온 탓이다. 또 내가 아내에게 목표를 잘못 제공했기 때문이라 여겨진다. 하지만 그런 어려움 속에서 아내는 전자계산학을 전공하여 기사 정보처리 기사자격을 취득했고 또 미술을 전공하여 미술학사와 더불어 그림쟁이 반열에 이름을 올릴 수 있었다.

아내는 중고시절을 장학생으로 다니고도 집안형편이 곤란하여 진학하지 못했다. 하지만 이제 나름대로의 꿈은 이루었으니 그 나마 다행이다. 하지만 나는 사는 과정속에서 아내에게 마음고생을 많이 시켰다. 왜냐하면 내 생각이 항상 앞섰기 때문이다. 올곧고도 급한 나의 성격을 맞추려다 보니 아내는 자주 속마음을 태웠으리라 본다.

내가 상담학을 공부하고 보니 모두 내가 앞서간 탓에 아내건강이 나빠진 것 같아 미안하다.

아내에게 배려라고 생각 했던 것이 오히려 배려가 아닌 부담이 되고, 아내에게 잘해 준다고 생각 했던 것이 아내에게는 좋은 것이 아닐 수 있다는 사실을 알게 된 것이다.

왜 내가 그렇게 했을까? 그 것은 남녀의 차이를 알지 못했기 때문이다. 나는 상담학을 공부하고 박사학위 논문을 쓸 때 이점을 착안하고 나의 부족한 점을 보완하기 위해 남녀 간 언어차이에서 오는 갈등과 치유에 관한 연구를 주제로 삼았다.

원래 남녀는 차이가 있다. 외모적인 차이에서부터 생리적, 정서적인 차이까지 그 차이는 다양하다. 우선 남녀는 신체근육이나 피부두께, 그리고 뇌의 구조와 호르몬 등에서 큰 차이를 보인다. 하지만 내가 여기서 말하려고 하는 부분은 여러 다른 경우는 차치하고서라도 정서적인 부분을 다루고자 한다. 여자에게 있어서 정서는 결과 보다는 과정을 중시한다. 즉 과정지향으로 정서가 설정 되어 있다. 남자는 어떠한가? 목표 지향이다. 그래서 과정보다는 목표가 완성 되었는가? 문제가 해결 되었는가? 여기에 비중을 둔다. 그러므로 등산을 남녀가 함께 갔다면 이런 차이를 보일 것이다. 여자는 가다가 쉬면서 산에 분위기를 느껴보고 오가는 사람들의 분위기도 느껴 보기를 원한다. 꼭 정상까지 발로 밟지 않아도 괜찮은 것이다. 하지만 남자는 다르다. 산 정상에 이르기까지의 중간과정이 어떠한가 보다는 빨리 정상에 올라 산 아래를 보며 '야 호'를 외쳐 보고 싶을 것이다. 왜 이런 차이가 날까 그것은 하나님께서 남자와 여자를 정서적인 면에서 다르게 만들어 놓으셨기 때문이다. 남자는 해결 중심적이고 목표 지향적으로 만드신 반면 여자는 과정 지향적으로 만드셨기 때문이다.

그러기에 부부간에는 남녀의 다른 점으로 인한 문제로 충돌이나 논쟁이 일어날 수 있는 것이다.

그 뿐인가? 여자가 남자에게서 받기 원하는 것들이 있다. 그 것은 관심, 공감, 이해, 존중, 헌신, 확신과 같은 것 들이다. 그러면 상대적으로 남자는 여자에게서 무엇을 기대하는가? 그것은 신뢰, 인정, 격려, 감사, 찬성, 찬미와 같은 것들을 원한다. 예를 들면 그렇다. 여자들은 스트레스를 받으면 누군가에게 이야기를 하고 싶어 한다. 여자들이 스트레스를 푸는 방법은 남에게 이야기를 하면 풀리기 때문이다. 하지만 남자는 어떠한가? 혼자서 문제가 해결 될 때 까지 씨름을 한다. 남에게 이야기해서 푸는 것이 아니라 혼자만의 동굴로 들어가는 것이다.

그러므로 부부는 서로 정서의 차이가 다르다고 싸울 일이 아니다. 그것은 지극히 정상이다. 하나님은 남녀의 차이를 통해 남녀가 서로 조화되기를 원하셨던 것이다.

나는 상담학을 통하여 여자를 더 많이 이해하게 되었다. 아내에게도 보다 관심을 가져주고, 들어주고, 이해해 주고, 공감하려고 노력하고 있다. 때로는 설거지도 하면서 아내의 애로를 느껴 보기도 한다. 부부들이여! 부부의 다름을 통해 서로 조화를 이루고 보다 행복 해졌으면 좋겠다.

광야(廣野)에서 외치는 자의 소리

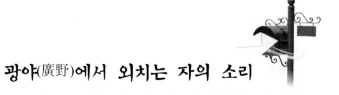

세례요한의 또 다른 이름은 광야에서 외치는 자의 소리다.

그는 아비야 반열에 제사장 사가랴와 아론의 자손 에리사벳 사이에서 탄생하는데 예수님보다는 6개월 먼저 태어났다. 요한이란 이름은 히브리어로 '요하난'인데 그 뜻은 '여호와는 은혜로우시다.'라는 뜻이다.

그는 주로 광야에서 생활 하면서 메뚜기와 석청을 먹고 살았으며 의복은 약대 털옷을 입고 살았다. 음식과 의복만 보면 노숙자와 같은 분위기를 연출한다. 그러나 그의 정신세계와 영적인 세계는 맑고 투명하다.

그는 요단강에서 회개의 세례를 사람들에게 베풀었으며 당시 종교 지도자들을 향해서 회개를 촉구하였다. 그의 주된 사역은 예수님의 길을 예비하는 것이었다. 요한은 당시 사람들에게 선풍(旋風)적인 인기를 누렸다. 요단강에서 그에게 세례 받기 위해 몰려오던 모습을 보면 그의 인기를 실감할 수 있다. 하지만 요한은 결코 자만하거나 교만하지 않았다. 우쭐대거나 경망스럽게 굴지도 않았다. 인기를 위해 자신을 메시야라고 공갈을 치거나 사기행각을 벌이지도 않았다. 막1:7절에서 세례요한은 자신은 예수님의 신들 메 풀기도 감당치 못할 자라고 말했다.

신들 메 푼다는 말은 무엇인가? 종이 상전의 신발 끈을 풀어 주는 행위를 말한다. 그러므로 신발 끈을 푸는 행위는 아무나 하는 일이 아니다. 종 된 자가 상전의 신발 끈을 풀어 주는 것이다. 그런데 세례요한은 자기를 평가 할 때 그만도 못한 사람이라고 했다. 그렇다면 세례요한은 얼마나 낮은 자인가? 얼마나 내려간 자인가? 종도 못되면 과연 그 아래는 무엇인가? 그렇다. 이것이 본디 세례요한이 가진 낮은 자의 마음이며 가식 없는 겸손한 마음이다. 진실로 세례요한은 예수님 앞에서 자신을 철저히 낮추었다. 일찍이 세례요한은 구약성경에 예언이 된 인물이다. 사40:3에서 이사야 선지자는 세례요한을 예수님의 길잡이로 묘사 하고 있다. 예언된 대로 세례요한 그는 예수님의 길잡이로만 살았다. 온갖 인기도 예수님 때문에 버렸다. 영광도 있었지만 모든 영광을 예수님께 돌렸다.

참으로 대단한 사람이다. 자기 앞에 있는 엄청난 인기를 버리고 오직 예수님만 위하여 광야의 외치는 자의 소리로 살았기 때문이다.

소리는 오래 머무르지 않는다. 그것이 큰 소리든 작은 소리든 시간이 지나면 흔적도 없이 사라지고 만다. 머물다 간 자취라도 있었으면 좋겠지만 소리는 매정하게도 떠나 버리고 만다. 세례요한의 삶이 그렇다. 주의 일을 하고 소리처럼 사라지는 '소리' 그 자체였던 것이다.

세례요한은 목숨 앞에서도 결코 굴하지 않았다. 헤롯이 동생 빌립의 아내를 취하자 요한은 그것이 잘못 되었다고 직언을 하게 된다. 이것이 화근이 되어 헤롯의 생일날 헤로디아의 딸이 헤롯왕 앞에서 춤을 추어 기쁘게 하니 헤롯이 방자히 행하여 "네 소원이 무엇이냐 나라의 절반이라도 주겠다." 할 때에 헤로디아는 기회를 놓칠세라 딸에게 주문을 한다. 세례요한의 목을 소반에 담아 달라고 시킨 것이다. 그러자 헤로디아의 딸이 어미를 닮아 시키는 대로 한다. "세례요한의 머리를 소반에 담아 주소서" 이 어찌 입에 담지 못할 말인가? 결국 헤롯과 헤로디아 그리고 헤로디아의 딸의 오만에 의해 세례요한은 옥중에서 목 베임을 당해 30대 초반의 나이에 순교하게 된다.

2000년이 흐른 요즘 시대에 세례요한이 자꾸 그리워지는 이유는 무엇 때문일까? 그 것은 그의 겸손한 행동이며, 그의 청빈한 삶이며, 올 바른 행실 때문이리라! 인기 앞에 영합(迎合)하지 않는 그의 일편단심이리라!

이 시대에 세례요한은 누구일까? 정치계나 기독교계의 거물들을 떠올려 보지만 마땅한 세례요한이 없다.

선비와 같이 절개를 지키며 고고하게 살았던 세례요한, 그의 삶을 두고 예수님은 그렇게 말씀하셨다. "여자가 나은 자 중에 세례요한보다 큰이가 없다"라고 말이다. 세례요한 예찬(禮讚)을 하자면 길어지기에 시(詩)로서 그의 예찬을 가름하고자 한다.

메뚜기와 석청먹으며
약대 털옷에 그대 몸 맡기고
회개를 외치던 광야의 소리여

사람들이 몰려와 그대에게 세례 받던 날
세상인기 절정달해도 그대마음 변치 않았고
수많은 인파 그 선망의 눈초리 물리치고
나는 그의 신 들메를 풀기도 감당치 못한다 고백하던 이여

정도(正道)로 가기위해 굽은 길 마다하고
죽음의 길 자초하며 걸었던 자여
그대 피 흘리며 갔어도
당신의 절개와 믿음 여기 남아 흐르네
심령(心靈)의 강에 흐르네

봄의 문턱에서

겨울이 밀려가고 봄이 오는 문턱에서 봄꽃들이 꽃망울을 터트려 그 자태를 뽐내고 있다. 개나리가 피어나고 목련이 하얀 속살을 드러냈다. 계절의 변화를 알리는 신호탄이 분명하다. 그 뿐인가 진달래도 뒤질세라 피어올랐다. 누가 알려주지 않아도 꽃은 계절을 알고 자기 모습으로 단장을 한다.

이것이 무엇인가? 하나님의 섭리이며 조화이다. 꽃이 알아차린 것이 아니라 하나님이 그렇게 하신 것이다. 우리나라는 사계절이 뚜렷하여 봄, 여름, 가을, 겨울이 순환한다. 겨울이 오면 그 다음은 반드시 봄이 온다. 겨울이 왔는데 봄이 오지 않는 경우는 없다. 개나리가 피고 진달래가 피기 위해 반드시 봄은 와야 한다.

인간은 자연의 조화를 통해 한 가지 중요한 사실을 발견해야 한다. 그것이 무엇인가? 죽은 것 같지만 죽지 않고 이듬해 다시 소성하는 자연의 원리 말이다. 자연은 생명으로 약동하는 신비한 힘을 가지고 있다. 그것을 가리켜 나는 자연의 에너지라고 부르고 싶다. 겨울을 잘 견디고 이듬해 다시 살게 하는 그 에너지가 바로 자연의 힘이다. 만일 자연에게 에너지가 없다면 겨울의 차거운 눈보라에 얼어 죽고 말 것이다. 그런데 그 에너지가 있으니 얼어 죽지 않고 다시 살아 찬란한 꽃을 피운 것이다.

얼마나 신묘막측한 일인가? 이 같은 일은 지상에서만 일어나는 것이 아니다. 산천 초목이 살아 새 생명을 누리 듯 인생이 지상에서 살다 죽으면 그대로 끝이 나는 것이 아니다. 반드시 부활하게 된다. 언제 부활 하는가? 예수님께서 다시 세상에 재림하는 날 모든 인생은 부활하게 된다. 그런데 중요한 것은 부활이라 해서 다 같은 부활이 아니다. 어떤 사람은 생명의 부활을 하지만 어떤 사람은 심판의 부활을 하게 된다.

생명의 부활을 하는 자들은 어떤 사람들인가? 예수 그리스도를 믿어 하나님의 자녀로 살다 죽은 자들이 생명의 부활을 하게 된다. 반대로 심판의 부활은 예수 그리스도를 믿지 않고 하나님의 자녀 되지 못한 자가 형벌 받기 위해 부활을 하는 것이다. 그러므로 부활이 있다고 모두 좋아할 바는 못 된다. 그날은 환희의 날이자 형벌의 날이기 때문이다. 따라서 인생들이 부활의 소망을 가지고 살려면 예수 그리스도를 영접해야 한다.

봄꽃들을 보니 하나님의 그 오묘하신 섭리에 탄성이 절로 나온다. 누가 염려 해 주지 않았는데 자연의 모진 바람 다 이겨내고 다시 피어난 꽃들이 있기에 인생들은 위로를 받는다.

자연의 다시 일어섬을 보며 결코 좌절하거나 포기 하지 않는 힘과 용기를 배웠으면 좋겠다. 가진 것이 없어도 내일을 사는 지혜를 발견하고 내일을 준비하는 자들이 되었으면 좋겠다.

하나님의 섭리에 자연은 거스림이 없건만 조그만 이익 앞에서 왜 인간은 비굴하여 지는지 모르겠다.

2008년 4월 8일 20시16분27초

이것이 무엇을 나타내는 말인가?

한국의 최초 우주인 이소연씨를 태운 러시아 우주선 소유즈 TMA-12가 우주를 향해 떠나는 출발시간이 한국시간으로 2008년 4월8일 저녁8시16분27초이다.(현지시간은 오후5시16분39초) 역사적인 순간이다. 발사는 성공적이었다. 한국은 세계에서 36번째로 우주인을 배출한 나라가 되었다. 이씨는 여성으로서는 49번째 여성 우주인이며 남녀 전체로는 475번째 우주인이다. 물론 우리나라에서는 최초의 우주인이다.

발사시각이 되자 발사체를 받치고 있던 지지대가 분리되고 로켓에 점화가 일어났다. 붉은 화염과 꿍음과 함께 소유즈는 힘차게 우주를 향해 솟아 오른 것이다. 12일간의 우주여행이 시작된 것이다. 예로부터 인간들의 소망은 날개를 달고 날아 보는 것이다. 새를 동경해 온 것이다. 인간이 새처럼 날 수 없기에 새의 모형을 본떠 만든 것이 비행기이다. 인간들은 비행기를 타면서 새가 나는 것을 경험하는 것이다.

도보로만 걷던 사람이 자전거를 탈 때 그 기쁨이 얼마나 큰가? 자전거를 타던 사람이 더 빠른 오토바이를 탈 때 기쁨은 얼마나 큰가? 오토바이를 타던 사람이 자동차를 탈 때의 기쁨과 비행기를 탈 때 기쁨은 얼마나 더 흥미진진 한가? 우주선은 어떨까? 상상만 해도 가슴이 뛰고 벅차오르지 않는가? 한편으로 발사가 잘못되지 않을까 두려움도 있겠지만 그 감동은 말로 표현하기 어려울 것이라 생각된다.

우주선의 속도는 얼마나 빠른가? 출발한지 3분36초 만에 대기권을 벗어나고 9분48초 만에 220KM상공의 지구궤도까지 진입하니 그 빠르기를 짐작할 수 있을 것 같다.

한국인 우주선을 태운 소유즈가 출발된 장소는 어디인가? 카자흐스탄 바이코누르우주기지이다. 이곳은 1957년 인류최초 인공위성인 스푸트니크가 발사 된 곳이다. 그리고 1961년에는 최초의 우주비행사 유리 가가린을 태운 보스토크1호가 이곳에서 발사되었다. 이 기지는 넓이만도 동서로 길이가 90KM, 남북으로 85KM라고 하니 대단하지 않을 수 없다. 금번 이소연씨와 함께 떠나는 이들은 러시아 선장 세르게이 볼코프와 엔지니어 올레크 코노넨코이다. 이들 3명이 우주 역사의 대 현장으로 떠난 것이다. 이소연씨는 국제 우주 정거장(ISS)에서 10일간 머무르며 18가지의 과학실험을 마치고 4월19일 지구로 돌아올 것이다.

사실 이소연씨가 우주인 이라는 역사적인 주인공이 되기까지는 험난한 여러 코스가 있었다. 먼저 한국인 우주인 후보자 선발공모에 무려 3만 6천2백6명이 지원하여 최종 후보로 고산씨와 이소연씨가 발탁 된 것이다. 그 가운데서 한사람이 결정 되는데 고산씨가 그 영광의 주인공이 된 것이다.

하지만 규정위반으로 고산씨가 중도 교체되는 바람에 이소연씨로 바꾸어지게 된 것이다. 참으로 중대한 시점에서 희비가 엇갈렸다. 그것도 우주선 출발 한 달도 채 남겨놓지 않은 상황에서 말이다.

어부지리(漁父之利)이다. 이소연씨 입장에서는 정말 뜻밖의 행운이요. 고산씨 입장에서는 뜻밖에 불운이다. 물론 자기실수로 인한 자업자득(自業自得) 이지만 말이다.

살다 보면 이같은 행운과 불운이 교차한다. 얻는 일이 있는가 하면 잃는 일도 있다. 고산씨 입장에서는 최초의 한국사람 우주인 이라는 타이틀을 잃었고 이소연씨는 최초의 한국사람 우주인이라는 값진 타이틀을 얻었다.

인간에게 있어서 잃고 얻음은 주기적으로 반복된다. 오늘 우리는 무엇을 잃고 무엇을 얻었는가? 오늘 나는 무엇을 잃고 무엇을 얻었는가? 계산할 줄 아는 지혜가 필요할때다.

하나님의 사람 모세의 기도에 보면 우리 날 계수함을 가르쳐 달라고 했다. 세월이 너무나 빠르기에 하루를 잘 계산할 줄 아는 지혜자로 살게 해 달라는 기도인 것이다.

이렇게 자신의 하루 일과를 돌아보는 지혜가 있는 사람이라면 어리석은 인생으로 살지는 않을 것이라 확신한다.

46%가 웬말인가

어제 제 18대 총선이 있었다. 나도 한 표 주권을 행사하기 위해 오전에 미리 약속된 대 심방을 마치고 오후에 아내와 함께 인근 투표장을 찾았다.

비는 부슬부슬 내리고 있었다. 그래서 그런지 어느 투표 때 보다 사람 만나기가 쉽지 않다. 투표장에 들어서자 10여명의 투표위원들만 배석하여 있을 뿐 정작 투표하러 온 유권자는 찾아 볼 수 없었다. 투표장에 들어서는 우리 부부의 모습이 위원들에게는 반가운 사람이었는지는 모르는 일이지만 유권자인 우리부부의 입장은 너무 우리에게만 시선이 집중되기 까닭에 어색함마저 감돌았다.

본인 확인을 거쳐 투표를 마치고 나올 때 투표확인증이란 것을 받았다. 그 동안 안하던 일이다. 투표율이 너무 저조 할까봐 선관위에서 고안했단다.

집에 와서 읽어 보니 우리부부와는 별 상관없는 확인증이다. 정부가 인정하는 국공립 유원지나 주차장, 박물관, 미술관등에서 사용하는 것인데 예외가 또 있단다. 그런데 그 예외는 어떤 곳에 가면 할인 혜택을 받는다는 것인지 분명하지 않다. 또한 2000원 이하에서 할인 혜택을 받을 수 있다고만 되어있지 정작 얼마 혜택 받을 수 있을런지도 미지수다. 예외도 있고 금전의 혜택도 유동적이니 과연 어디 가서 이것을 정확하게 사용할 수 있을런지 유권자들에게는 막막(漠漠)한 투표 확인증인 것이다. 투표율 높이려고 정부가 머리를 썼는지 몰라도 유권자에게는 큰 반응이 없을 것 같다는 생각이 들었다.

더구나 국공립 공원이나 박물관 등을 가더라도 유권자가 돈 한 푼 안 쓰고 올수는 없다. 입장료 추가분 금액이나 음료수, 식사 등을 더한다면 이 확인증으로 인한 경제적 손실은 더 크다. 이래저래 유권자 입장에서는 이 확인증 가지고 갈만한 장소가 군색(窘塞)할 것만 같다.

정부가 만드는데 돈만 투자한 것 같아 웬지 마음이 씁쓸하다.

투표장에서 위원들이 하는 이야기를 들어보니 이런 이야기를 했다. 내가 투표소에 간 시간이 오후3시 정도 되었는데 그런 걱정을 하는 것이었다. "지금 몇 퍼센트 투표 했나? 27-8% 정도인가?", "이렇게 되면 이번에 50% 못 넘겠네." 무슨 말인가? 위원들 간 주고받는 이야기 중에도 50%는 못 넘을 것으로 알고 있다. 투표시간이 끝나고 저녁 9시뉴스를 보게 되니 투표율은 46%로 역대 최저란다.

역대 총선 투표율은 12대인 1985년 2월12일에 84.6%를 기록 했다. 13대인 1988년 4월26일에는 75.8%였고, 14대인 92년 3월24일에는 71.9%였다. 15대인 96년 4월11일에는 63.9%였고, 16대인 2000년 4월13일에는 57.2%였다. 17대인 2004년 4월15일에는 60.6%였고 금번 18대인 2008년 4월9일 총선에서는 46%인 것이다. 말 그대로 역대 최저이다.

어느 당이 몇 명의 당선자를 내느냐 보다 더 중요한 것이 국민들의 정부에 대한 신뢰라고 생각한다. 그렇다면 금번 투표는 일차적으로 국민들에게 외면당한 선거이니 정부의 실패다.

민주주의 다수결의 원리에 입각에서 보면 적어도 54%라는 국민 다수가 누가 국회에 들어가 나라 살림을 하든지 알바 아니라는 심사이다. 이렇게 볼 때 국민들이 이기주의도 문제가 없는 것은 아니지만 전적으로 국민들에게 외면당한 정치에 문제가 더 크다가 보여진다. 국민들의 심판 앞에 정부는 왜 그런지 살펴서 정치를 해야 할 것이다. 그 만큼 실망을 많이 주었다는 이야기일 수도 있다. 정부의 신뢰와 정치인들의 신뢰 회복이 필요한 때이다. 나아가 국민들은 지역 이기주의나 무사안일도 고쳐야 할 것이라 생각된다. 정부의 관리나 정치인들은 자신의 이익과 명예보다 백성들의 애환을 살피고 보고 들었으면 한다. 그리고 백성들은 각자의 위치에서 주어진 사명들을 잘 감당하며 정부를 신뢰할 수 있는 사회가 되었으면 좋겠다. 다음번 선거에는 서로에게 관심있는 선거, 내게도 상관이 있는 선거가 되었으면 하는 바람이다.

세계 제일

아랍에미리트 연합(UAE)에 건물이 지어져 가고 있다. 그 이름은 "버즈 두바이"이다. 삼성물산이 세계최고의 인공 건축물을 짓고 있는 것이다. 2008년 4월 8일 현재 630m를 넘겼다고 하니 실로 그 높이의 위용(威容)은 대단하다.

기존의 건축물 높이 경쟁에서 모든 상대를 물리치고 최고가 된 것이다. 그 기록 경쟁사를 보면 2007년 7월 "타이베이101" 빌딩이 가지고 있는 509m를 제치고 빌딩부분 세계 신기록을 세운 것이다. 그 뿐인가? 2007년 11월에는 인공 구조물중 세계 최고였던 캐나다의 방송탑(CN타워)의 기록도 경신했다. 높이면에서 명실상부 세계최고가 된 것이다. "버즈 두바이"가 다 지어지면 800m이상 된다고 하니 그 높이가 웬만한 산보다 더 높다 할 것이다. 건축 기술면에서는 이렇게 자랑할 것이 있지만 다른 분야는 어떤가? 모든 면에서 세계 수위를 차지했으면 좋겠는데 현실은 그렇지 못하다. 예를 들면 교통사고, 이혼율, 낙태율, 자살 등은 세계 1-2위를 차지하고 있다. 그 뿐인가? 주당 노동시간도 OECD국가 중 선두를 차지하고 있는 실정이다. 삶의 질이나 행복지수도 건축물 높이와 같이 올라

갔으면 얼마나 좋을까? 요즘 피겨여왕 김연아가 어린나이에 피겨부분에서 우리나라의 가능성을 보게 한다. 어린 선수들의 선전에 박수를 보내고 싶다. 물론 일본에는 아사 다 마오라는 선수가 선전하고 있다. 이 두 선수는 쌍벽을 이룬다.

하지만 한국 사람인 나의 시선으로 보아서 그런지 김연아 선수의 우아함은 아사 다 마오를 분명 앞지른다. 한 마리의 아름다운 새가 되어 날개짓 하는 우아한 모습은 사람들의 마음을 사로잡음에 넉넉하다.

이 역시 세계 최고가 아닌가 싶다. 그 뿐인가? 수영의 박태환 선수도 수영 부분에서 세계 최고다. 어린 선수이지만 얼마나 패기 있는지 자랑스럽다. 게다가 양궁이며 태권도, 유도, 격투기 등에서도 우리나라는 세계 수위를 자랑하고 있다.

우리나라 최고가 세계최고라는 공식이 성립 되는 날이 되면 우리나라의 수준이 그만큼 세계 수준이 되었다는 증거일 것이다. 나는 우리나라 국민성이나 삶의 질 그리고 행복지수 등이 세계 수위가 되는 날을 꿈꾼다. 그렇게 되기 위해서는 국민 한 사람 한 사람이 수준을 높여야 한다. 국민들이 모여서 국가를 이루기 때문이다.

이기주의에서 이타주의로, 개인주의에서 상호 협력 체제로 상생하는 자세가 중요하다. 그리고 불신에서 신뢰로, 미움에서 사랑하는 마음으로 바꿀 수 있다면 성숙한 국민이 될 수 있을 것이다. 도덕성이나 윤리의식, 애국심이나 헌신의식 등이 생활화 될 때 우리의 국민성의 보다 성숙하다 할 수 있을 것이다.

더욱이 신앙인 들은 사회에서 빛과 소금의 사명을 잘 감당해야 한다. 그렇게 함으로써 국가와 사회가 밝은 사회로 변화되는 것이다. 예수님께서는 서로 사랑할 것을 말씀 하셨다. 사랑할 때 예수님의 제자가 된다는 것이다. 제자는 예수님을 닮는 것을 의미한다. 예수님을 닮는 자가 많다면 그만큼 좋은 사회, 좋은 국가로 거듭날 수 있다.

금번 18대 국회에 입성한 국회의원 가운데 믿는 자가 99명이라 한다. 목사가1명 장로가 10명 그 밖에는 권사와 집사 그리고 성도다. 수만 많으면 무슨 의미가 있는가? 빛 되고 소금되어 이 나라를 밝혀 주었으면 좋겠다. 정치, 경제, 사회, 도덕, 교육에서 말이다.

나는 우리 아이들을 보면 때로 불쌍한 생각이 든다. 왜냐하면 하루일과가 너무 힘겹기 때문이다. 학교공부며 학원 등을 갔다 오면 자신의 시간들이 거의 없고 잠자리에 들 시간이 되기 때문이다. 아직 자라지 않은 작은 키에 가방은 제 몸보다 더 큰 것을 메고 이리 저리 뛰는 모습을 보노라면 안타깝다. 어디 내 자식 뿐이랴! 이것이 한국 교육의 현실인 것을! 어서 공교육이 실속 있게 정비되어 학교 교육 만으로도 내실 있는 교육이 이루어지는 국가가 되었으면 좋겠다. 건축물 세계 최고에서 좀 더 욕심부리고 싶다. 교육에도 세계가 부러워하는 세계 최고의 나라를 꿈꾸어 보는 것은 어떨지 모르겠다.

흐드러지게 핀 벚꽃 길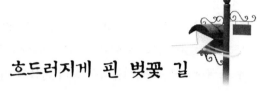

　전주군산 간 도로 벚꽃이 흐드러지게 피어 눈꽃을 이루었다. 상춘객들은 이 광경에 시간가는 줄 모르고 봄을 느끼고 있다. 기억을 더듬어 보면 이 벚꽃나무가 심어진 때가 30년은 되는 것 같다. 왜냐하면 내가 고등학교인지 대학 때인지 정확하지는 않아도 도로에서 자전거를 타고 가는 한 떼의 무리들을 이따금씩 보았기 때문이다. 벚꽃의 향연과 더불어서 말이다.

　엊그제 원광대 병원 심방을 다녀오는 길에 그 벚꽃 길을 보니 그 때의 정취가 묻어난다. 하지만 벚꽃은 나무의 수령으로 인해 옛날 그 벚꽃은 아니다. 나무들이 많이 노쇠화 되어 버린 것이다. 목 천 다리를 지나서 먹 거리 장터가 서 있다. 엿이며 옥수수 그 밖에 각종 음식물 그리고 의류까지 등장해서 꽃구경하는 이들의 마음을 더욱 설레게 한다. 하지만 정작 아름다워야 할 꽃들은 판매상들의 독점으로 뒷전에 밀려 있다. 하지만 세월이 흘러 나무들은 고목이 되어가도 여전히 꽃을 아름답다. 보는 이의 마음을 풍성케 하고 삶의 여유를 가져다준다.

　한쪽 편에서는 동춘 서커스단이 목청을 돋운다. 우산위에 공을 놓고 돌리고 있는 것 같다. 지금은 한낮이니 붐비는 정도는 아니어도 밤이 되면 더 많은 사람들이 모여 하루에 피곤을 이곳에 와서 풀며 밤 벚꽃들을 즐길 것이다.

삶의 여유를 갖는 다는 것이 얼마나 좋은가? 많은 사람들이 질병이나 스트레스 등에 시달리는 이유도 바로 여유가 부족하기 때문이라고 본다. 너무 조급해지고 일에 시달리다 보니 마음에 여유를 갖지 못해서 병들이 생기는 것이다. 심장병이 있는 사람은 아름다운 꽃을 보면 더욱 더 심신의 안정을 찾을 것이다. 우울증이 있는 사람은 나들이를 통해 햇볕을 쬐이면 한결 나아지게 될 것이다.

이제 벚꽃이 만개 했으니 얼마 아니면 또 떨어져 거리로 나부낄 것이다.

피는 때가 있으면 지는 때도 있는 법 금년에 벚꽃을 보지 못한 사람은 내년을 기약해야 할 것이다.

그러나 항상 기회가 있는 것이 아니다. 내가 그 기회를 만들 때 그 기회가 내 것이 된다. 조금 여유를 내어 벚꽃이 다 시들기 전에 벚꽃의 향연에 초대 받아 가보는 것은 어떨까? 거리로 다 나부껴 떨어지기 전에 말이다.

벚꽃뿐만 아니라 요즘은 웬만한 곳에는 꽃들이 많다. 누가 피라 하지 않아도 핀다. 하나님은 인간들에게 즐거움을 주라고 꽃이라는 식물을 만들어 주신 것이다. 그래서 꽃들이 철을 따라 피우고 지고 하는 것이다. 꽃들이 때에 맞게 피니 인간들이 그 만큼 풍요로워 지고 여유로워 지는 것이다. 그러므로 이같이 아름다운 꽃들을 인간 세상에 주신 하나님께 감사 하면서 살아야 한다.

오면서 보니 만경강 둑으로 연이어 핀 벚꽃도 장관을 이루었다.

아직은 어린 나무인 것 같다. 꽃들도 어린나무는 에너지가 넘친다. 언젠가 고목이 되겠지만 철마다 벚꽃을 피워 많은 사람들을 기쁘게 할 것이다.

장터에서 오던 길에 권사님이 엿을 사 주셨다. 그리고 옥수수도……잠시나마 동심으로 돌아가니 마음이 평온해진다. 심방 갔다 오는 길이지만 코스를 잘 잡은 것 같다. 심방도 하고 꽃구경도 했으니 좋은 여운으로 남을 것이다.

　참! 벚꽃 길에서 사진도 찍었는데 잘 나오려나 궁금하다. 잘 나온 추억의 사진들이 되었으면 좋겠다.

젊은 집사(執事)를 보내며

제4부

농촌의 답답한 현실

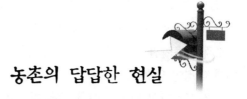

지난주일 모(母) 교회 헌신예배 인도 차 다녀왔다.

나는 헌신예배 부탁이나 집회인도 부탁이 와도 웬만하면 사양한다. 가급적 내 교회를 비우지 않고 내가 맡은 교회중심으로 사역을 하기 위해서다.

하지만 모 교회에서 연락이 왔기 때문에 거절치 못하고 (대 심방 기간이라 피곤도 했지만) 간 것이다. 내가 어릴 적 말씀 배우고 기도하며 또 아이들을 가르치고 구역예배를 인도하던 곳이었기에 내 마음 속에는 항상 모 교회의 영상은 크게 자리 잡고 있었다.

하지만 이번에 강단에 서보니 고향교회의 모습은 작아져 있었다. 물론 농촌 교회의 현실이기에 짐작은 했지만 생각보다 모든 것이 작아 보였다.

어르신들, 집사님, 장로님들 그리고 건물들까지도……

마치 아이 때 보던 앞 산 뒷 산이 커 보이고, 학교며 골목이 커 보이던 것이 자라서 보면 작아 보이는 것처럼 교회도 그렇게 작아 보인 것이다.

이것은 분명 세월이 그 만큼 흘렀다는 증거일 것이다. 90세가 된 장로님도 계셨고 이미 돌아가신 분들도 있었다. 여러분들을 만나고 또 하나님의 말씀도 증거하고 왔어도 웬일인지 농촌교회의 현실이 걱정이 된다.

아이들이 많이 태어나지 않으니 주일학교 학생들이 별로 없다. 듣자하니 금번 초등학교 입학생들은 남전 초등학교의 경우 8명이라고 했다. 그리고 초등학교 전교생을 다 합치면 100명 조금 넘는 숫자라 한다. 점점 학생과 젊은이의 수가 작아질 것이고 있던 젊은이들마저 도시로 떠날 터인데 걱정이 앞섰다.

농촌 목회자의 현실도 쉽지 않을 것이고 성도들도 성도들대로 힘들기는 마찬가지 일 것 같다. 하지만 주차장이나 교회식당 그리고 사택 등은 잘 단장 되어 있어 그나마 위안이 되었다. 뿐만 아니라 대학생으로 보이는 몇 명의 젊은이들이 악기를 가지고 찬양을 부르는 모습 속에서 아직은 소망을 보았다.

하지만 출산율이 계속 저하되고 젊은이들이 떠난다면 농촌교회의 현실은 어두울 수밖에 없다. 옛날의 북적대던 시골교회가 그리워졌다. 그 때만 해도 초등학생도, 중고생도, 청년부도 다소 있었는데 말이다. 사실 농촌교회가 있었기에 도시의 교회들이 힘을 얻었다 해도 과언이 아닐 것이다. 왜냐하면 농촌에서 신앙을 잘 배워 도시교회에 나가 봉사하고 있으니 말이다.

따지고 보면 내가 속해 있는 부안읍교회도 예외는 아니다. 한 때는 반주자가 넘쳤다고 하는데 지금은 그렇게 남아돌지는 않는다. 전공자들이 다 도외지로 결혼해 나가서 예전만 못한 것이다. 장년만 600여명 이상이 출석하는 교회가 그렇게 일꾼이 많지 않다면 순수 농촌의 앞날은 더 걱정이 아니 될 수 없는 것이다. 내 모 교회와 같은 수준의 교회나 그 보다 적은 교회들은 앞으로 농촌교회의 미래의 활로를 모색해 보아야 할 것 같다.

또한 미래의 농촌문제에 마주하여 농촌에 맞는 프로그램, 살만한 농촌을 만드는 일도 시급하리라고 본다. 젊은이들이 다시 찾는 농촌이 된다면 이 모든 문제는 다 해결되리라 본다. 사람이 없는 농촌, 있어도 노령인구만 있는 농촌에서는 역동적인 모습을 찾아보기 어려운 것이다. 헌신예배를 마치고 돌아오는 길에 딸기며 반찬거리를 싸 주셔서 가져왔다. 엄마품과 같았던 농촌 그리고 시골 교회들이 다시 살아났으면 좋겠다. 잃었던 생기를 되찾고 역동적인 교회로 거듭나기를 기대해 본다. 물론 현실의 벽은 어려울 지라도……

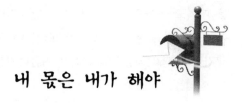

내 몫은 내가 해야

얼마 아니면 5월 5일 어린이 날이다. 우리교회는 어린이 주일과 성탄절을 기해 일 년에 두 차례 유아 세례를 실시한다. 유아세례란 무엇인가? 부모 중 한분 이상이 세례를 받은 만2세의 어린이에게 자신의 의지가 아닌 부모의 의지로 세례를 주는 예식이다.

아마 칠팔년은 지난 일인 것 같다. 유아세례를 마치고 유아세례 때 찍은 사진이 나왔는데 그중에 하나는 아이의 머리에 안수를 한 것이 아니라 아기를 안고 있는 어머니에게 안수 기도가 되어 진 것이다.

만일 사진을 찍지 않았다면 어머니가 세례 받은 것을 아이가 받은 것으로 알고 분명 지나쳤을 것이다. 그러나 유아세례 때는 사진 촬영을 개인별로 해서 세례 증서를 만들어 주기 때문에 사진 촬영은 반드시 하게 된다. 그래서 어머니가 안수를 대신 받았다는 사실을 알고 며칠 후 다시 모친과 아이를 불러 사무실에서 따로 세례를 준 일이 있다.

요즘은 대행의 시대다. 심부름도 대행, 청소도 대행, 옷 세탁도 대행, 운동화 빨기도 대행, 물건 배달도 대행, 운전도 대행 모든 것이 대행이다. 대행의 천국에 와 있는 기분이다.

이와 같이 대행업이 성행하니 얼마나 편리 한줄 모른다. 자기가 직접 해야 할 일을 누군가 해주니 그야말로 시간이 없는 자들은 안성맞춤이다.

심지어 논문이나 기타 학술분야까지 대행업이 파고들고 있다. 그 뿐인가 데이트상대 까지 대행하는 시대가 되었으니 실로 어처구니가 없다.

나중에는 무엇까지 대행할런 지 모르겠다. 아마 자기 외에 또 한사람의 자기를 두고 가짜 자기가 진짜자기를 대행 하는 시대가 올 런지도 모르겠다.

하지만 아무리 대행업이 속성으로 번져도 대행하지 못할 것이 있다. 그 것은 부부관계요, 부자관계이다. 더 나아가 하나님과 우리 자신과의 관계 즉 아버지와 자녀의 관계이다. 하나님과 나와의 관계인 믿음의 관계는 그 누구도 나를 대신해 줄 수가 없다.

구원은 내 믿음으로 받는다. 옆에 있는 아내나 남편이 하나님을 잘 믿어도 내가 믿지 않으면 나는 하나님과 관계가 없는 것이다. 한 치의 덕도 아내로 인해서 남편으로 인해 보지 못하는 것이다. 오직 나의 믿음으로 하나님께 인정도 칭찬도 받게 된다. 따라서 내 믿음은 내가 지켜야 한다. 누가 나를 대신해 믿어 줄 수가 없다.

그런데 많은 사람 중에 그렇게 믿고 있는 것 같다. 가족 중에 누가 믿음 생활을 잘 하니 자신도 덕을 볼 것 이라는 생각 말이다.

그러나 이것은 잘못된 생각이다. 하나님은 우리 각자를 놓고 평가하고 또 믿음을 보신다는 사실이다. 이것을 알면 하나님 앞에서 게을러 질 수 없다. 하나님 앞에 서는 날 결산이 있을 것이기 때문이다. 금년에도 몇 명의 어린아이가 유아세례를 받고 부모의 신앙을 계승하여 자라 날 것이다.

하지만 어릴 적 세례를 부모가 아이에게 받게 해도 자라면서 본인 이 이것을 자기 것으로 인정하지 않으면 소용이 없다. 그래서 아이가 만14세가 되면 부모의 신앙으로 받은 유아세례를 본인이 직접 수용하는 입교예식이라는 것을 거친다. 이것이 정식 세례식인 것이다. 물론 어릴 적 이미 세례를 받았으니 확인과 서약만 하면 된다.

유아세례를 받은 많은 어린이들이 곱게 잘 자라 주었으면 좋겠다. 그리고 부모의 신앙보다 더 굳세고, 좋은 사람들이 되어 죄 많은 세상에서 등대의 역할을 해 주었으면 좋겠다.

괴로운 닭과 오리

지금 전라북도 일원에서는 AI(Avian influenza) 조류독감 때문에 두통을 앓고 있다. 거리에는 소독을 위한 분사기가 설치되어 지나가는 차량에 어김없이 뿜어댄다.

전북 김제의 한 산란계 농장에서 2008년 4월 3일 발생한 조류독감은 정읍, 전남, 평택 등지로 급속하게 퍼졌다. 현재까지 살 처분된 닭과 오리는 전라북도만 기준해도 약 4백만 마리로 추산 된다고 한다. 참으로 대단한 수치이다. 전북 인구의 두 배가 넘는 수를 폐기한 것이다.

조류독감에 한번 걸리면 수많은 닭과 오리가 떼죽음을 당한다. 참으로 무서운 질병이다. 그리고 인체에 감염되면 치사율 또한 높다. 한 예로 홍콩에서 1997년에 18명이 감염되어 6명 정도가 사망했고, 베트남에서는 2004년 16명이 감염되어 죽었다고 한다.

그 원인이 무엇인가? 자세히는 알 수 없어도 현재까지 의심되는 것은 조류의 배설물이나 호흡기를 통해 감염 되는 것으로 알려지고 있다. 하지만 AI 바이러스는 섭씨 75도 이상 끓는 물에 5분정도 경과 하면 죽는다고 한다.

하지만 질병의 공포가 어디 쉽게 가라 않을 수 있는가? 감염 위험 때문에 살 처분하는 데 필요한 인원 구하기도 쉽지 않은 현실이다. 그 만큼 병에 걸리는 것이 두렵기 때문이다. 병에 걸린 가금(家禽)류들이 떼죽음 당하는 것을 보면서 전염병이 얼마나 무서운가를 새삼 느끼게 된다.

조류독감에 몸살을 앓고 있는 요즈음 나는 그런 생각을 해 보게 된다. 바이러스로 전염되는 전염병 말고도 인간들이 이 세상을 살아가면서 저지르는 악습 때문에 얼마나 많은 인간들이 고통 받고 있는가? 도덕 불감증에 걸려 죄를 죄로 알지 않고 나쁜 것을 쉽게 배우는 이사회에 만연된 도덕적 해이와 부패를 보면서 이것도 큰 전염병임을 깨닫게 된다.

지금 정치권에서는 비례대표 당선자들의 허위학력 기재와 돈을 제공하므로 비례대표를 얻었다는 이야기, 더 나아가 있지도 않은 유령 상장사를 이용하여 주식으로 거액을 챙겼다는 얘기 등 이런 저런 얘기로 국회의원 선거가 끝나자마자 수사에 열을 올리고 있다.

우리나라의 수준이 왜 이러는지 모르겠다. 하지만 분명 한 것은 조류독감과 같은 전염병이 우리의 정치권에도 이 사회에도 걸려 있다는 말도 될 것이다. 바라기는 정치권의 비리나 사회의 비리가 전염병 수준은 안 되기를 소망할 뿐이다.

전염병으로 죽은 닭이나 오리 이외에 아직 살아있는 것들도 함께 묶여 매몰되는 모습을 보면서 더 많은 피해를 줄이기 위해 어쩔 수 없는 선택을 해야만 하는 모습이 가련(可憐)하게 보였다. 사육 농장주들의 마음은 얼마나 아프고 허탈할까? 그 들의 한숨 소리가 귓가에 전달되는 것 같다.

AI라는 복병이 닭과 오리를 강타하니 닭과 오리를 전문으로 하는 식당을 찾는 발걸음도 뜸해졌다.

아마 장기간 지속되면 식당영업이 쉽지않으리라 본다.

우선 나부터도 조류독감이 난 이후 닭과 오리고기를 일부러 먹으러 가지는 않았기 때문이다. 어서 AI의 전염에서 해방되어 길거리에도 방역이 사라지고 안심하고 달과 오리를 먹을 수 있었으면 좋겠다.

우리 아이들도 아내가 "계란 집에 있는 것 아껴 먹자"하니 큰 아들 하는 말이"그래야죠. 만일 다 떨어져도 사다 먹지 말아 야죠."한다.

아이들도 AI가 무섭기는 무서운 모양이다. 안심하고 음식을 먹을 수 있는 날이 속히 왔으면 좋겠다. 그러기 위해서는 사후 약방문(死後 藥房文) 보다는 예방이 최선이라 생각한다. 무엇보다 전염병이 안 걸려야 국민들도 계란이며 닭이며 오리를 편안한 마음으로 먹을 수 있지 않겠는가?

청춘예찬(靑春 禮讚)

매일 아침 아이들과 전쟁이다. 조금 더 누워 있으려는 아이들과 좀 더 빨리 일어나게 해서 밥 먹이고 학교 보내야 하는 아내와의 전쟁 말이다.

"근원아! 해원아! 빨리 일어나라." 이것은 일상처럼 매일 반복되는 일이다. 어느 가정도 마찬가지의 풍경이 연출되리라 생각된다. 그도 그럴 것이 저녁 늦게까지 학원이다, 숙제다, 공부다 해서 잠을 설치니 청소년기아이들에게 있어서 아침 시간에 일어나기 힘든 것은 당연한 일인지도 모른다.

그래도 다행스런 것은 둘째 서원은 매일 자신을 일찍 깨워 달라 예약까지 하고 자니 말이다.(아침6시 40분에 깨워 달란다.)

깨우면 힘들어도 곧잘 일어난다. 그래도 셋 중 하나라도 잘 일어나는 아들이 있으니 아내입장에서 아이들 깨우기가 수월하다. 나는 나대로 아이들이 늦을까봐 종종 차량으로 학교까지 데려다 주게 된다.

아이들을 차에 태우고 갈 때면 학교에 등교하는 많은 학생들의 무리와 마주치게 된다. 삼삼오오(三三五五)짝을 지어가는 중고등학교 소년 소녀들의 모습을 보고 가노라면 언제 아이들이 이불 속에서 꾸무럭거리고 있었는지 믿어지지 않는다.

그만큼 패기가 넘치고 에너지가 넘치기 때문이다. 그렇다. 청소년기에는 혈기와 힘이 넘친다. 그리고 나름대로의 소망도 있다. 학교로 가는 길목의 거리는 활력이 넘친다. 아이들의 힘찬 기운을 주변 환경이 받아 마셨기 때문일까? 거리에도 기운이 넘친다.

항상 아이들의 등하굣길은 바쁘고 분주하다. 학생이 있기 때문이다.

학생이 많지 않다면 얼마나 적막할까? 그래도 아직은 학생들이 제법 있기 때문에 다행이다. 하지만 내가 사는 부안지역의 학생 수는 갈수록 줄어가고 있는 실정이다.

아니 부안만 그런 것이 아니라 전북 전체 인구가 줄어들고 있다. 이렇게 가다가는 거리에 학생 찾아보기가 힘들어질 날이 올까 걱정이 된다.

아이들을 태워다 주며 오는 길에는 나도 덩달아 기분이 좋아진다. 아이들에게서 패기와 희망을 보았기 때문이다.

분명 어제도 학원이며, 공부며, 숙제하는 것들로 시달렸을 터이지만 그래도 일어나 다시 학교로 발걸음 옮기는 저 학생들에게서 우리나라의 미래를 보며, 우리가정들의 미래를 본다.

피곤할 터이지만 내일을 위해 힘차게 내 달리는 아이들의 발걸음 속에서 나도 학생들의 젊은 에너지를 공유하게 되는 것이다. 이것이 내가 아침에 아이들을 학교로 태워다 주는 이유이다.

무엇인가를 친구들과 속삭이며 가는 아이들, 좀 늦었다 싶으면 뛰는 아이들, 자전거의 페달을 힘차게 밟는 아이들, 이 아이들의 우리나라의 미래요 희망인 것이다. 이들이 있기에 가정에는 밝음이 있고 활력이 있는 것이다.

학교 정문에는 몇몇의 선배로 보이는 아이들이 감시의 눈초리로 교문으로 들어오는 아이들의 상태를 살핀다. 아마도 복장 단속을 해서 적발하려나 보다.

한 번은 이런 일이 있었다. 중학교에 다니는 둘째 아이가 학교에 가면서 그만 실수로 고등학교에 다니는 첫째아이의 교복 와이셔츠를 입고 먼저 학교에 등교하고 말았다. 그러자 첫째는 툴툴거리며 동생의 와이셔츠를 바꿔 입고 갈 수 밖에 없는 형편이 되고 만 것이다. 그런데 입어보니 너무 작아 목이며 품이 맞지 않는다. 그러자 아내가 얼른 방에 들어가 내가 입는 하얀 와이셔츠를 꺼내들고 나온다.

"여기 있다. 이것 입어 보아라." 입혀보니 제법 맞는다. 아이는 그것을 입고 등교를 했다. 학교에 다녀 온 뒤 이번에는 내가 물어 보았다. "애야 오는 학교에서 뭐라고 했니" 아들 하는 말 "사정을 잘 이야기 했더니 오늘은 봐 준다 했단다."

아이들은 참으로 빨리 자란다. 그래서 아이라 그러는지 모르겠다. 신발 신는 것이나 옷 입는 사이즈를 보면 얼마나 쑥쑥 크는 지 안다. 얼마 전까지만 해도 첫째아이는 키가 나보다 작았다. 그런데 고등학교 일학년에서 이학년으로 올라가는 무렵부터 나를 능가하기 시작 한 것 같다.

어디 키뿐이랴! 신발 사이즈는 중학교 때부터 이미 능가했다.

지금 고등학교에 다니는 아이는 285mm나 신는다. 그래서 신발 가게에 가면 아내가 입버릇처럼 하는 말이 생겼다. "신발 285mm이 있어요."

둘째아이, 셋째아이의 신발이 나를 따라 잡을 날이 얼마 남지 않은 것 같다. 내가 250mm를 신고 아이들은 현재 245mm를 신고 있기 때문이다.

아이들에게 신발을 내가 물려 줘야 하는데 아이의 신발을 내가 물려받아야 할 것 같다.

그래도 내 마음은 싫지는 않다. 커가는 아이를 보면서 에너지를 받기 때문이다. 잘 자라서 하나님께 인정받고, 이 사회에 필요한 인물되며, 가정에 충직한 아들들이 되었으면 좋겠다.

젊은 집사(執事)를 보내며

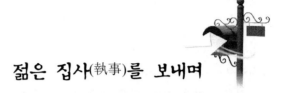

어제 뜻밖의 소식을 접했다. 그 동안 쾌활한 모습으로 신앙생활 잘하던 김 집사님(40대)이 공장에서 사고로 죽었다고 부교역자에게서 연락이 온 것이다. 전화를 받고 심방을 위해 몇몇 사람들에 연락을 취하라고 해놓고 한참동안 멍한 생각에 잠겼다. 참으로 믿어지지 않는 이야기였다. 왜, 무엇 때문에, 어떤 사고로 죽음을 당한 것일까? 순간 머리가 복잡해지기 시작한다. 그리고 연이어 생각 되는 건 그의 부인 되는 박 집사님과 그의 아이들이었다.

목회를 하다 보면 이런 일들이 종종 발생한다. "목사님, 아무개가 사고가 나서 응급실에 실려 갔대요." "암에 걸려서 수술을 받아야 한 대요." 등의 이런 저런 이야기가 심심치 않게 들려온다.

이런 일에는 이제 상당한 이력이 나서 그렇게 당황하지는 않지만 그래도 낫지 못할 중병에 걸렸다든지 또 죽음에 이르는 사고는 목회자의 마음에 큰 부담과 아픔으로 다가온다. 내 친자녀나 형제가 그런것처럼 말이다.

후문에 듣자하니 기계의 사용 중에 문제가 있었나 보다. 슬픔을 참고 어렵사리 장례를 마쳤다. 다행스럽게도 남편의 죽음을 신앙으로 잘 받아들이고 극복하는 박 집사님과 그의 자녀들을 볼 때 나는 위로를 받는다.

작년에는 40대의 노 집사님이 암으로 하나님께 부름을 받았었다. 그역시 우리 교회에 보배와 같이 열심히 봉사하며 물질이면 물질, 봉사면 봉사, 헌신이면 헌신 아끼지 않던 자였다. 그 두 사람은 지금 우리 교회 묘지에 나란히 안장 되어 있다.

아직은 젊어 할 일이 많은 젊은 일꾼들이 하나님께 부름을 받으면 나의 신체 한 부분에 에너지가 그만큼 빠져 나가는 기분이다. 전장에 나가는 장수가 화살이나 무기가 있어야 하는데 그 좋은 무기를 빼앗긴 것과 같은 마음이다. 하지만 이것이 현실인데 어찌하랴! 감당해야만 한다.

목회를 하노라면 남의 아픔과 내 아픔을 혼동할 때가 있다. 왜냐하면 성도의 아픔이 곧 나의 아픔이기 때문이다. 반면 성도의 즐거움과 나의 즐거움을 혼동할 때가 있다. 성도의 기쁨이 곧 나의 기쁨이 되기 때문이다.

성도의 자녀 중 고시에 패스를 했다든지 좋은 대학에 들어갔다든지, 좋은 직장에 들어간 일로 하나님께 감사 하며 즐거워하는 것을 보면 목회자인 내 마음도 역시나 좋다. 더 나아가 정치에 출마하여 좋은 결과를 거두면 내가 승리한 것처럼 좋고 낙선하면 내가 패배한 것처럼 마음이 무겁다.

나는 목회를 하면서 이런 기분을 수도 없이 경험한다. 목회자가 아니면 이 심정을 헤아리지 못할 것이다. 목회자의 마음을 알아주는 철이든 성도를 볼 때면 '저런 성도들 때문에 내가 목회를 하지.'라고 생각을 한다.

반면 철이 들지 못하고 교회나 성도들 사이에 장애와 두통을 가져다주는 자들을 보면서는 '아! 저런 성도들을 보면서 예수님을 생각하라고 나에게 연단을 주시는 구나.' 라고 생각한다.

일일이 다 거명할 수는 없지만 그 동안 나에게 힘이 되어준 사람들 곧 물질로, 기도로, 마음으로, 사랑으로 동역 자가 되어 자신이 가진 최상의 것들로 섬겨준 성도들이 있었기에 그 사랑 힘입어 오늘 내가 이만큼이나 사명을 감당하고 있는 줄로 생각한다.(물론 모든 것은 하나님의 은혜지만)

그 들은 지금 서울이나 부산, 익산, 김제, 부안 등 그 밖에 곳에서 살고 있다. 내가 목회지에서 사역 할 때마다 하나님은 나에게 필요한 사람들을 붙여주셔서 위로와 힘이 되어 주신 것이다. 먼저는 하나님께 감사하고 그들에게 감사한다. 이름 없이 빛없이 헌신해 주신 분들께 직접적으로 다 갚을 수는 없지만 기도 속에서 그들에게 답례하며 살 뿐이다. 하나님께서 그들에게 더 좋은 것으로 갚아 주시리라 믿는다.

우리교회에서 함께 신앙생활하다 먼저 부름받은 집사님, 그대의 묘지 앞에서 그대의 아내가 고백했듯이 목회자인 나나 우리교회도 같은 말을 하고 싶다. "그대들이 있어 고마웠다고"

세상에서의 행복 못 다 이루고 간 두 분 집사님께 "천국에서 세상과는 비교할 수 없는 기쁨과 영광을 누리라"고 격려의 박수를 보내 드리고 싶다. 그리고 세상에 남겨진 그의 아내 된 자들과 자녀 된 자들에게 부탁하고 싶다.

"더 열심히 살아 하나님의 사심과 능력을 나타내라고" "부디 삶이 행복하며 주안에서 담대하라고"

일과 휴식의 조화

　오늘은 우리교회 3여전도회가 부안 댐으로 나들이를 가는 날이다.

　출발 직전에 기도인도를 해 주기 위해 교회마당에 나가 보니 아직은 회원들이 다 나오지 않은 것 같았다. 회장권사님을 만나 누가 차량을 봉사해 줄 것인가? 물으니 사찰 집사님이 갈 때 올 때 두 차례 해 주기로 했단다. 예정 시간 보다 지연 될 것 같아 먼저 기도해 주고 점심때 쯤 되어 부안 댐에 들릴 것을 약속 했다.(주일날부터 함께 갔으면 하는 부탁이 있어서)

　정오가 좀 지난 시간 부안 댐을 향해 아내와 함께 출발했다. 도착해서 보니 부안 댐은 여기 저기 공사가 한창 이었다. 댐을 보다 잘 꾸며 놓으려고 단장 중인 모양이다. 주차할 장소를 찾아 주차하고 반갑게 맞는 일행을 만나 합류를 했다.

　교회 안에서만 보는 얼굴들이지만 이렇게 교회 밖에서 얼굴들을 보고 교제를 나누니 더 다정하게 보인다. 서로 반가운 얼굴들과 인사를 나누고 함께 점심식사를 나누게 되었다.

　점심은 공동으로 준비 한 것이 아니라 각자 집에서 준비 해 왔노라 했다. 내 놓는 반찬들을 보니 모두가 정성스럽게 준비 해 온 것 같다. 갓김치, 소고기, 생선, 각종 나물류와 김치들, 젓갈에 이르기까지 다 정성스런 것들이다.

여기에 빼놓을 수 없는 것 밥이다. 밥은 약밥, 찰밥, 흰밥까지 여러 종류로 준비했다. 역시 살림의 베테랑답게 밥과 반찬 모두 수준급이다.

3여전도회 덕분에 아내와 나는 점심을 맛있게 먹었다. 그리고 과일까지…… 참외는 작지만 당도는 그만이다. 방울토마토는 풋풋하고 싱싱한 맛을 낸다. 바나나도 평소는 잘 안 먹지만 한 입 맛있게 먹었다. 이제 더 먹으려 해도 더 먹을 배가 없다. 잠시 대화를 나누고 사진 촬영을 한 후 아내와 나는 먼저 야유회 자리를 떠났다.

일상에서 탈출하여 여유를 갖는다는 것 그것은 인간들에게 반드시 필요하다. 왜냐하면 그것이 삶의 보약이 되기 때문이다. 인간은 기계가 아니므로 휴식과 여유가 필요한 것이다. 그런 면에서 짧은 시간들이지만 여유를 갖는 것은 삶의 또 다른 에너지를 보충하고 있는 것이라 말 할 수 있다.

비록 연세가 들어가는 3여전도회라 해도 금번 야유회를 통해 하나님의 일에 더욱 박차를 가하는 힘과 능력이 넘치는 여전도회가 되기를 바라는 마음이다.

돌아오는 길에 차창 밖에서 밀려오는 풍경들을 바라보았다. 유채꽃이 여기에도 저기에도 많이 눈에 띄었다. 월요일은 목회자에게는 휴식의 날이다. 주일을 보내고 재충전이 필요한 날이요. 주중에 못다 한 일들을 하는 날이다.

그래서 오는 길에 아내가 원하면 잠깐 어디라도 가볼까 했는데 아내역시 피곤한가 보다. 그래서 슈퍼만 잠깐 들리기로 했다. 아내가 슈퍼에 간 사이 나는 잠시 라디오 방송을 눈을 감고 듣고 있었는데 그 몇 분은 나에게 보약과 같은 시간이었다. 불과 몇 분인데 상당시간 휴식한 것처럼 느껴졌다. 집에 돌아와 아내와 나는 모처럼 쉼을 가졌다. 알게 모르게 지난 주 교회성도의 상(喪)당 한 것 때문에 몸도 마음도 피곤에 지쳐있었나 보다. 모처럼의 낮잠을 달콤할 정도로 잤다.

달콤한 휴식을 주신 하나님께 감사한다. 매일 반복되는 일상에서 3여전도회의 음식을 한꺼번에 맛보게 하심도 감사한다. 피곤이 있기에 쉼의 고마움을 느낄 수 있으니 이것도 감사하다. 일과 휴식, 이것이 조화가 잘 이루어지면 인생은 행복하다. 일만 있으면 휴식의 고마움을 모른다. 또 휴식만 있으면 일의 보람을 느낄 수 없다. 이 양자가 조화를 이룰 때 일도 휴식도 고마운 것이 된다.

연로해 가는 나이지만 즐겁게 활력 있게 살려고 애쓰는 3여전도회에 "하나님의 평강이 함께 하기를 바란다.

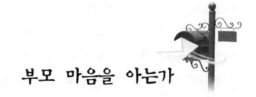

부모 마음을 아는가

며칠 전 토요일, 막둥이 해원이가 학원을 다녀오는 길에 전화를 했단다.

전화의 내용은 학원에서 파하고 집에 오는 길에 접촉사고를 당했다는 것이다. 교회에서 막 들어 온 나에게 아내가 하는 말이다.

그래서 나는 물었다. "해원이가 어디에서 그랬느냐고?" 아담 사거리란다. "지금 어디 있느냐고?" 그랬더니 지금 집으로 오고 있는 중이라고 했다.

"지금 올 시간이 됐느냐" 물었더니 거의 도착할 시간이 되었단다.

그래서 나는 아내에게 차를 가지고 마중 나가 보자고 했다. 아담사거리 쪽을 향해 서서히 차를 몰고 갔다. 우리아이와 같이 생긴 아이는 아담사거리에 다 가도록 발견할 수 없었다. 그래서 혹시 운전기사가 아이를 데리고 병원에 가지 않았나 하는 생각에 가까운 성모 병원으로 향했다.

아내에게 "성모병원 응급실에 확인해 보라" 말하고 주차를 하고 있는데 아내가 둘러보고 벌써 나온다. "해원이란 이름으로 병원에 다녀 간자가 없단다." 그 얘기를 막 마치자 휴대폰 벨소리가 울린다. 막둥이 해원이다. "지금 집에 도착해서 있단다."

다시 차를 돌려 집을 향했다. 가서보니 외상은 크게 눈에 띄는 부분이 없었다. 천만 다행이다. 걷는데 지장이 없나 해서 "걸어보라" 했더니 약간 절면서 걷는다. 걸으면 좀 아프단다. 어디서, 어쩌다 그랬는지 자초지종을 물었다. 아이는 말했다. 서강학원에서 집을 향해 뛰면서 오고 있는데 반대편에서 승용차가 와서 자신과 부딪쳤다는 것이다. 아이의 말을 듣고 그 길을 가만히 생각해보니 정식차도가 아닌 사람이 주로 다니는 인도와 같은 도로임을 알았다. 운전자가 무엇이라 말하더냐고 묻자 "괜찮으냐?"묻기에 괜찮다고 하니 아무 연락처도 남기지 않고 그냥 갔다는 것이다. 주변에 사람들은 있었느냐? 묻자 주변사람들도 "괜찮으냐?" 고만 물었다고 했다.

사고 차량에 대해 물어보니 차는 검정색 차인데 넘버는 정확히는 모르지만 끝4자리는 안다고 했다. 교통사고가 그렇듯 경미해도 경과를 좀 지켜봐야 할 것 같아서 물어 본 것이다. 큰 아이가 학교에서 돌아와 막둥이 접촉사고 소식을 듣고 "그래도 병원에 가봐야 되지 않겠어요."한다. 나는 경과를 좀 더 지켜보고 병원을 가려 했는데 큰 아들 녀석이 그 말을 하자 내일이 주일이고 하니 오늘 병원을 다녀오는 것이 나을 것 같았다. 그래서 아이를 데리고 아내와 함께 정형외과에 들러 무릎사진을 찍어 보았다. 다행히 성장 판에도 지장이 없고 뼈에도 큰 문제는 없어 보인다 했다. 하지만 교통사고는 자고 나 봐야 하니 아프면 다시 오라는 것이다. 뿐만 아니라 당분간 뛰는 것은 조심하라고 했다.

집으로 오면서 '그래도 하나님이 보호해 주셔서 이만 하구나.' 하는 생각을 해보았다. 한편으로 아쉬운 것은, 적어도 운전자가 사고를 냈으면 중학교 1학년 아이라도 병원을 가자고 해서 안 간다하면 자신의 연락처라도 주면서 "혹시 좋지 못하면 연락 주거라"라는 말이라도 남기고 갔어야 할 텐데 아이가 괜찮다고 하니 그냥 현장을 떠나버린 운전자가 야속했다.

이것이 부모의 마음인가 보다. 그래도 사진 상 큰 문제는 없으니 그나마 얼마나 다행인가? 집에 도착해서 아내는 아이의 양 무릎에 안티푸라

민만 듬뿍 발라 주었다.

아내가 바르면서 "아프냐"고 물어보니 "한쪽 무릎은 아프단다."

그 뒤 병원은 가지 않고 물파스와 안티푸라민만 지속적으로 발랐다. 약 2주 동안은 약간 절었고 학교 체육시간은 의사 선생님의 말대로 뛰지 않았다. 3주 정도가 지난 지금 아이는 그렇게 말한다. "이제 뛸 수 있을 것 같아요." "아프지 않아요." 그래서 내가 말했다. "아프지 않으면 네가 알아서 체육시간도 적절히 참여하여라." 참으로 다행이다. 한편으로는 아이에게 "길을 갈 때 더 조심하라고 이런 일이 있었나보다."하고 타일렀다. 그리고 앞으로 교통사고를 당하면 현장에서 집에 연락을 취하든지 아니면 운전기사의 연락처를 받거나 차량번호를 적어두라고 일러두었다. 하지만 나는 안다. 나를 닮았다면, 아이가 나중에 똑같은 일을 당해도 웬만하면 운전자에게 괜찮다고 하고 돌려보낼 아이인 것을……

하지만 부모의 마음을 어이하랴! 아이가 아프면 그것이 자신의 아픔인 것을……

이제 5월이 다가온다. 자녀의 마음은 부모가 헤아리고, 부모의 마음은 자녀들이 알아주는 5월이었으면 한다.

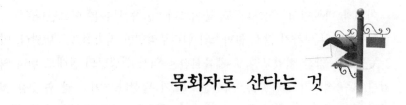

목회자로 산다는 것

내가 신학교에 가서 교육전도사를 시작한지가 올해로(2008년) 21년째가 된다. 1987년부터 전도사 일을 보았으니 말이다. 무엇이든지 멀리서 보면 동경의 세계다. 하지만 가까이에서 보면 어려움도 있고 단점도 있다.

평신도로서 목사를 볼 때와 목사로서 목사를 볼 때는 다르다.

말 그대로 평신도시절 내가 목사님을 볼 때는 모든목사는 평신도와 다르리라 생각했다. 예를 들면 삶의 가치나 방법, 물질에 대한 가치관, 도덕적이고 예의 있게 사는 법등 ……

하지만 내가 목사가 되어 목사의 삶을 보니 그렇지가 못하다. 일반사람들과 같이 결함이 많은 것이다. 이것은 무엇을 말하는가? 사람 사는 곳이면 마찬가지라는 것이다.

내가 신학교에 다닐 때를 생각해보면 교내에서도 분실되는 사건 들이 종종 일어났던것을 기억한다.

목사가 되면 얼마나 달라지는가? 성격, 가치관, 말씨, 도덕성, 예절, 욕심 등…… 목사로 목회하는 모습이나 노회나 총회에 가보면 얼마나 그들이 인격적으로 예수님을 닮아 있는가? 알 수 있을 것이다. 아니 먼데까지

가지 않아도 평소의 목사의 가정생활이나 습관만 보아도 알 것이다.

이 말은 제도적으로 목사는 될 수 있어도 예수님 닮은 목사님, 사명자로서 목사님이 되기는 쉽지 않다는 것이다. 물질적 욕심을 이기는 것, 정의 편에서 끝까지 서 있다는 것, 초심을 잃지 않고 성도의 본이 되는 것, 하나님의 편에서 일하는 것, 성도를 지도하고 말씀으로 가르칠 때 자신도 예외를 두지 않는 다는 것, 하나님을 향해 나아갈 때 자신의 정욕보다 성도의 유익을 위해 나아가는 것 ……

이 같은 것들은 목사가 목사로서 지켜야 될 기본자세이다. 그런데 지키기가 쉽지는 않다. 그러나 지켜야 한다. 언젠가는 하나님 앞에 서서 결산해야 하기 때문이다.

나도 목회자로 항상 이것들을 지키기 위해 싸운다. 하나님 앞에 서는 날 아주 완벽하지는 못해도 부끄러움은 면하기 위해서다. 다른 목회자들도 제각기 싸워야 될 부분이 있을 것이다. 분명한 것은 잘 싸운 자는 하나님께서 칭찬과 존귀함을 주실 것이다. 잘 못한 자는 책망과 부끄러움을 받게 될 것이다.

성도는 자신이 속해있는 교회의 목사들이 이 싸움을 잘 싸우고 목양을 잘 하도록 늘 기도해 주어야 한다. 뿐만 아니라 목사가 다른 생각 하지 않도록 물질이나 정신적인 면에서 늘 채워 주어야 한다. 그래야 양질의 목양이 이루어질 수 있다.

목사는 누구인가? 나름대로 나에게 정의를 내려 보라 하면 하나님을 닮아 사는 모습을 사람들에게 보여 주는 자 혹은 예수님을 닮아 살아가는 자이다.

목사의 책임은 너무나 크다. 성도들이 목사를 따르고 배우기 때문이다. 화장품에도 샘플이 있듯이 신앙생활에도 샘플이 있다. 바로 "목회자"인 것이다. 목사의 삶은 샘플처럼 늘 평가 받는 삶이다.

성도들이 교회에 와서 보고 가는 것도 따지고 보면 "목사의 얼굴"이다.

집에 가서도 말을 하자면 "목사와 그 교회 이야기"일 수도 있다.

교인들이 삼삼오오 모이면 역시 "목사 이야기" 일수도 있다. 물론 여기에는 긍정만 나오지는 못한다. 목사가 하나님은 아니기 때문이다. 그렇다고 부정만 나온다면 그 것도 문제이다. 본이 되지 못하기 때문이다. 그러므로 목사는 늘 조심해야 하고 노력해야 한다. 하나님께 영광을 드리기 위해서다.

"좋은 목사는 성도가 만들고, 좋은 성도는 목사가 만든다는 말이 있다." 일리가 있는 이야기이다. 아름답고 좋은 교회, 하나님과 사람들이 인정할 만한 교회가 되기 위해서는 피차에 노력해야 한다. 교회 직분 자들의 사명은 크다 하겠다.(장로, 권사, 집사 등) 그 들은 하나님의 교회를 세워나가는 동역자들이기 때문이다.

직분 자들이 어떤 분위기를 조성하느냐는 그 교회의 분위기가 될 수 있기 때문이다. 목사의 정년은 칠십 세 이다. 하지만 나는 그 나이까지 채우는 꿈을 꾸지는 않는다. 신학교를 마친 후배들이 적체되어 뜻을 펴지 못하고 있기에 그 들에게도 기회를 주어야 한다고 믿기 때문이다. 또 개인적으로는 형식과 타성에 젖을까 염려되기 때문이다.

좋은 목회자, 좋은 성도를 만나는 것은 분명 복이다. 그러나 내가 그같은 사람이 되는 것은 더 중요한 일이다. 하나님 앞에 서는 날, 내가 목양한 우리교회 성도들이 그리고 이 땅위에 존재하는 교회들이 "모두 다잘 했다" 칭찬받았으면 좋겠다.

지독한 기계치

품에서 멀어져 가는 자녀
아이들이 먼저 걱정하는 먹거리
돈을 다스릴 줄 아는 지혜 자
기대에 부응 하는 사람
지구촌의 재난들
지독한 기계치

제5부

품에서 멀어져 가는 자녀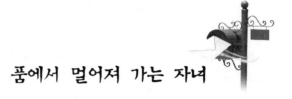

오늘은 어린이날이다. 아이들에게 무엇인가 해 주고 싶어서 "얘들아 밖에 나가자" 했다. 큰 아이는 시험 기간이라 못 간단다. 둘째는 학급아이들과 조별활동 숙제가 예정되어서 언제 전화올지 모르니 못 간단다. 셋째는 둘째형이 안가면 재미없어 안 간단다. 이제는 자녀들이 좀 자라니 제각기 스케줄이 잡혀있어 자녀들과 한번 외출하기가 하늘의 별 따기다

어린이날이라 외출해서 쇼핑도 하고 외식도 하고 할머니에게 인사도 드리려 했지만 쉬운 것이 아니다. 그래서 결국 아내와 단둘이 다녀왔다.

아이는 품에 안을 수 있을 때 아이지 조금 자라면 부모 마음대로 되지 않는다. 자기 뜻, 자기 생각, 자신의 각자 스케줄이 있는 것이다.

좀 서운 하려다가 아이들 입장이 이해가 된다. 그래도 지금이 좋은 때지 조금 더 크면 집에 아이들이 있는 시간도 더 적어질 것이다. 대학에 들어가고 군에 가고 또 직장에 들어가면 얼마나 부모와 함께 있는 시간이 있겠는가? 그러다 보면 결혼해서 가정을 꾸리게 될 것이다.

먼 훗날 같지만 지금 고등학생이 되어 있는 큰 아이를 보니 금방 닥칠 것 같다. '마음 비우기', "자녀를 부모 둥지에서 떠나 보내기"준비라도 해야 할 것 같다. 누군가 말했다. "자녀는 항상 손님처럼 대하라"고 이 말을

헤아려 보면 자녀는 언젠가 부모 품을 떠나 제각기 자기 인생 길을 간다는 의미가 내포되어 있는 말이다.

자녀가 자녀로서의 길을 떠나야 할 때 잘 놓아주어야 한다. 항상 품안에 자식만은 아니기 때문이다. 이 나라의 자녀, 이 사회의 자녀 더 나아가 하나님의 계획이 있는 자녀이기 때문이다. 그래서 자녀가 길을 갈 때 잘 가도록 지지 해 주어야 한다. 그래야 자녀도 이 나라를 위해 원대한 뜻을 펼칠 수 있다. 자녀를 너무 부모 품에만 두어도 제몫을 잘 하는 아이로 성장할 수 없는 것이다.

더 나아가 손님처럼 대한다는 것은 정성 다해 대하라는 말인 것이다. 지나고 나면 남는 것은 후회뿐일 때가 많다. 자녀에게 무엇인가 해준 것을 생각해 보면 모든 것이 미흡할 뿐이고 부족할 뿐이다. 아이들이 자라날 때 변변한 장난감 하나 못 사준 것, 사 주더라도 싼 것만을 찾아 사준 것이 지금 와 생각하면 한편으로 자녀들(손님들)에게 미안한 것이다.

물론 그 때에는 형편이 되지 못해서 그랬다. 아내는 지금도 쇼핑하다 가끔 그런 말을 한다. "전에 아기 키울 때 우리도 저런 유모차 하나 있었으면 아이도 나도 고생을 덜 했을 것을 아이를 등에 업고 다니느라 얼마나 힘이 들었는지……" 아기 업어 키우느라 고생했다는 것이다. 더욱이 내가 사정도 몰라주고 "그 까짓 유모차 쯤 없어도 돼! 업어 키우는 것이 제일이야" 라고 했으니 말이다. 얼마나 야속 했을까?

그렇다. 나는 그 때 유모차 하나도 아내에게 사 주지 않았다. 그래서 아이는 아이대로 아내는 아내대로 아마 다른 사람의 두 세배 더 고생했을 것이다. 아이가 셋씩이나 되니 말이다.

그러다 보니 아내는 지금도 아이가 모두 중고등학교에 다니지만 유모차를 보면 그 것 하나 없었던 것이 마음에 서운함으로 자리 한 모양이다. 아내의 서운함을 알기에 나는 버릇처럼 지금은 쓸모도 없는 유모차 가격표를 슬쩍 본다. 보통은 약 십 만원 전후부터 이 삼십 만원대까지 다양한 가격이다. 지금 생각해 보니 아이에게나 아내에게 미안하다. 유모차를 우리아이들에게 탈 기회마저 박탈한 무능한 아버지가 바로 나였기 때문이다. 하나 샀더라면 둘째, 셋째가 있으니 물려주었으면 일거양득 아니 일거삼득까지는 갔을 텐데 후회가 된다. 그 때 무리를 해서라도 사 줄걸 잘못 판단 했다는 생각이 든다

지금도 유모차 앞을 지날 때면 항상 자녀에게 잘 해주지 못한 것이 회한이 되어 그 때 그 일들을 생각하게 된다.

'자녀가 부모의 둥지를 떠나기 전에 좀 더 잘 해주자.'하는 생각이 들어 평소 건강때문에 절제시키던 과자며 아이들이 좋아 하는 라면도 샀다.

그리고 더 자라기 전에 어린이날을 기념하는 용돈도 주고 아이들을 위해 기도도 해 주었다. 오늘은 어린이날, 이 땅의 부모 마음이 다 잘해 주고 싶은 생각일 것이다. 좀 더 잘 해 주고 나면 훗날 부모 둥지를 떠나보낸 후에 후회는 덜하지 않을까?

아이들이 먼저 걱정하는 먹거리

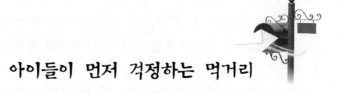

　요즘 우리 아이들의 걱정이 이만 저만이 아닌 것 같다. 미국산 쇠고기가 들어온다는 것 때문이다.

　쇠고기가 무서운 것이 아니라 광우병에 걸린 소가 우리나라에 들어와 그 것을 먹고 광우병에 걸릴까? 그 것을 두려워 하는 것 같다. "이제는 아무 것도 못 먹게 되었다."고 말한다. 쇠고기로 만든 고기 제품 뿐만 아니라 조금이나마 쇠고기 재료가 들어간 것은 이제 다 먹기는 틀렸단다. 좋아하는 라면이며 과자까지 말이다.

　우리아이들 뿐만 아니라 젊은 학생들 모두가 요즘 걱정인 모양이다.

　그러다 보니 쇠고기 수입개방 반대 촛불 집회에 젊은 학생들이 주종을 이루고 있다. 우리 아이들의 이유를 들어보니 자신들은 이 나라에서 살날이 아직 많은 데 쇠고기가 수입되면 광우병 위험에 노출 될 것인데 젊은 자신들이 이 문제에 더 직면 될 수 밖에 없다는 것이다. 그래서 학생들이 자신들의 문제이니 더 걱정을 한다는 것이다. 뿐만 아니라 어디서 들었는지 광우병이 얼마나 무서운지도 역설한다.

　아마 메스컴이나 학교에서 들은 것이 많은 것 같다.

학생들의 심정이 이해가 간다.

자기들 세대에 안고 가야 될 문제를 지금 대통령과 정치권에서 잘못 하는 것 같으니 걱정인 것이다. 학생들이나 국민들이 보다 납득이 잘 가도록 광우병의 대한 이해나 협상에 대한 조정이 잘 이루어 졌으면 하는 바람이다. 학생들은 학업의 현장에서 매진하고 국민은 일터나 가정에서 평안을 누리기 위해서다. 뿐만 아니라 먹거리를 먹어도 걱정 없이 먹기 위해서다.

선진국이 된다는 것은 무엇인가? 그것은 삶의 질이 높아진다는 것이다.

즉 돈을 버는 시대에서 끝나지 않고 번 돈을 잘 쓸 수 있는 여유가 있을 때 비로소 선진국이라 말할 수 있다. 바꾸어 말하면 돈이 있으면 그것을 삶의 질에 투자하는 것이다. 그 중에 가장 많이 투자 되는 것이 건강 및 복지라 생각한다. 돈을 벌어 건강을 증진하고 복지를 향상 시켜 나가는 것이다.

그런 차원에서 안전하게 먹을 수 있는 먹거리는 얼마나 소중한지 모른다. 아무리 강조해도 부족하다. 그래서 선진국이 될수록 음식물 기준이 엄격하다. 먹거리를 가지고 장난치지 말아야 한다. 우리나라에서도 유해 음식물을 가지고 돈벌이 하고 하는 자들은 엄단해야 한다고 생각한다.

이번기회에 정부는 광우병에 대한 국민들의 오해가 생기지 않도록 철저한 분석과 발표가 있어야 할 것이고 더 나아가 위험하다면 거기에 따른 분명한 조처가 필요하다고 본다.

과거 우리나라가 못 살때 흰 쌀밥을 먹는 다는 것은 그리 쉬운 일이 아니었다. 그런데 이제 흰 쌀밥 먹는 것은 문제가 아니다. 오히려 흰 쌀밥이 건강 상 좋지 않기 때문에 현미식을 한다. 거기에 혼합곡식을 더한다.

그 만큼 건강에 대한 염려가 많아졌기 때문이다.

촛불 집회를 경찰은 불법으로 여기고 대응한다고 한다. 젊은이들의 나라를 향한 외침이 부정적으로만 비추어지지 말고 거기에서 나오는 긍정도 고려되어져 좋은 합의점이 도출 되었으면 좋겠다.

돈을 다스릴 줄 아는 지혜자

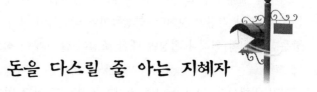

이 세상에는 다양한 인종 다양한 피부색을 가진 사람들이 살고 있다. 같은 나라 안에도 남녀노소가 섞여 있다. 그 들이 현재 처해 있는 위치도 천차만별이다. 갓 태어난 갓난아이에서부터 지금 막 숨을 거두고 있는 노인에 이르기까지 그 연령이 다르며 직업이 다르다.

사람의 생김생김이 다르며 생각이 다르다. 따라서 사회는 남녀간, 세대간, 인종간 갈등이 꼬리를 물고 일어난다. 온갖 사건과 사고도 끊임없이 일어나는 것이다. 남을 배려할 줄 모르기 때문이다.

인생이 자신의 내면을 안다면, 자신을 조절할 수 있는 능력과 힘이 있다면, 남을 배려 하는 마음이 있다면 얼마나 좋을까? 하지만 인간에게는 그럴만한 통제력이 없다. 우리는 종종 정치하는 사람들에게서 앞선 자들의 전철을 똑 같이 밟는 경우를 본다. 전직 대통령의 아들들이 거듭 정치적 비리에 연루 되는 것을 보면서 얼마나 인간들이 연약한 존재인가를 보게 된다. 돈과 권력 앞에 말이다. 자신은 아니라고 말하지만 같은 결과를 내게 될 때마다 우리는 종종 허탈감에 빠진다.

새 정부가 들어서고 장 차관들이 바뀌고 있다. 청와대의 비서진들이 새로 조직되었다. 언뜻 보면 가진 자들의 정부와 같은 인상을 준다. 그 들이 어떤 노력을 해서 어떻게 돈을 벌었는지 몰라도 이제 국민들 앞에서 공감이 갈만한 모범을 보일 때라고 생각된다. 국민을 생각하는 정치를 한번 해 주었으면 좋겠다. 지금까지는 자신이 잘 되기를 위해 살았다면 이제 국민들이 잘 사는 꿈을 꾸면서 그 꿈을 이루기 위해 뛰는 정치인들이 되었으면 좋겠다.

네 모녀를 피살하고 자신도 자살한 사건이 얼마 전 신문과 T.V를 떠들썩하게 했다. 피의자의 신분이 전직 유명 프로야구 선수로 밝혀지고 있다. 그는 잘 나가던 프로야구 선수에서 사업가로 변신하고 돈도 꽤 번 것 같다. 하지만 돈은 항상 그를 풍요롭게 해 주지 못한 것 같다. 그렇다 돈은 인생을 항상 만족 시켜 줄 수가 없다.

잠시 잠깐의 행복과 만족 그리고 풍요와 쾌락은 가져다 줄 수는 있어도 그 것이 근본적인 만족을 줄 수 없는 것이다.

그러므로 딤전5:9-10절 말씀은 이렇게 교훈한다. "부하려 하는 자들은 시험과 올무와 여러 가지 어리석고 해로운 정욕에 떨어지나니 곧 사람으로 침륜과 멸망에 빠지게 하는 것이라 돈을 사랑함이 일만 악의 뿌리가 되나니 이것을 사모하는 자들이 미혹을 받아 믿음에서 떠나 많은 근심으로써 자기를 찔렀도다." 말씀에 이름과 같이 돈은 시험에 빠지게 하는 것이라고 했다. 또 사람으로 올무에 빠지게 하기도 한다.

그 뿐인가 해로운 정욕에 빠지게도 하며 멸망케도 한다. 더 나아가 돈을 사랑하면 그것이 악의 뿌리가 되어 자신을 잘 되게 하는 것이 아니라 자신을 찔러 죽이는 무서운 무기로 돌변하는 것이다. 따라서 인생들이 돈은 있는 바를 족한 줄 아는 지혜가 필요하다. 그러면 그 돈으로 인해 지배 당하거나 침몰 하지는 않을 것이다.

요즘은 너무 많은 사람들이 돈 때문에 번민과 괴로움에 빠져있다. 이혼 사유를 봐도 1위와 2위를 오르내리는 것이 경제문제이다. 곧 돈 때문에 다투고 갈라서는 부부도 많다는 얘기다. 혼수 문제로 다퉈 결혼이 파혼이 되고, 결혼하고도 혼수가 적다고 아내를 폭행하여 낙태가 되는 예도 있다. 돈이 무엇인가? 하나님이 우리에게 맡겨서 잠시 사용하게 하는 것인데 인생들이 어리석어서 영원히 자기 것으로 알고 고집하고 욕심부리다 보니 온갖 부끄러운 일들, 악행이 생기는 것이다. 돈이 사람을 지배하여 사람이 돈에 포로가 되는 것이 아니라 인생들이 돈을 잘 다스리고, 돈을 아름답게 사용하는 세상이 되었으면 좋겠다.

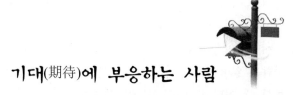

기대(期待)에 부응하는 사람

이번 주간은 고난 주간이다. 고난 주간을 맞이하면 우리교회에서는 특별 새벽기도회가 진행된다. 세월은 지났어도 예수님께서 죄인들을 위하여 십자가에서 죽으셨던 은혜와 그 사랑은 변함이 없기에 새벽이면 사람들은 예배당으로 모인다. 모두가 다 주의 은혜를 깨달은 것은 아닐 것이다. 나는 새벽에 나온 자들에게 기대에 부응 하는 사람이 되자고 강조했다. 예수님께서는 인간의 몸을 입으시고 이 땅에 오셨기에 우리와 같은 성정을 가지셨다. 특히 십자가를 지신 예수님은 죄인의 신분이시다. 따라서 죄인 된 몸, 육신 된 몸을 가지고 십자가에서 죽어야만 되는 고통은 이루 말 할 수 없는 고통인 것이다. 그러므로 예수님은 제자들에게 자신의 심정을 토로 하셨다. 모든 제자에게 다 말씀 하신 것이 아니라 그 중에도 기대가 되는 세 사람 베드로, 야고보, 요한에게 말씀하시고 그들에게는 깨어 있을 것도 당부 하셨다.

하지만 거듭된 예수님의 요청에도 세 제자는 깨어 있지 못했다. 이유는 간단하다. '마음은 원이로되 육신이 약하다'는 것이다. 약하기에 그들은 기대에 부응하지 못했다.

예수님의 제자들은 베드로를 필두로 모두 다 배반했다. 예수님이 붙잡히시게 되니 모두 도망치고 숨어 지내는 신세가 되었다. 나약하기 이를 데 없는 비겁한 인생들이 되고 만 것이다.

사람들이란 과연 기대에 못 미치는 것인가? 기대 이상의 점수를 내는 사람은 얼마나 되는가? 더욱이 신앙 안에서 그리스도 안에서 예수님이 보실 때 어떨까? 이런 생각을 해본다.

부모의 기대에 부응 하는 자녀는 몇이나 되며, 나라에 부응하는 지도자는 얼마나 되고, 하나님 앞에 바른 신자의 모습을 가진 자는 얼마며, 목회자는 얼마나 될까? 남편이나 아내의 기대에 부응하는 부부들은 얼마며 이웃 간에 서로 기대에 미치는 이웃 사촌은 얼마나 될까? 아마도 기대에 부응 하기란 쉽지는 않을 것이라고 생각한다. 하지만 기대에 부응 하기가 어려운 만큼 서로 간에 기대에 부응하며 산다면 얼마나 값진 인생이 될까? 가정에서 남편과 아내, 부모와 자녀, 그리고 사회에서 이웃과 이웃, 직장에서 동료와 선후배 간에 피차에 기대에 부응하기 위해 노력 한다면 얼마나 좋을까?

금번 고난주간을 맞이하면서 하나님은 얼마나 나를 기대 하실 런지 생각해 보게 된다. 예수님이 나 같은 죄인위해 십자가에 못 박혀 죽으심을 인하여 내가살고 우리가 살았다. 예수님이 대신 속죄하여 주시고 죽으셨기에 많은 생명이 다시 산 것이다.

한 알의 밀알이 떨어져 죽으면 많은 열매를 맺는 다는 진리 앞에서 예수님의 대속하심이 얼마나 큰 은혜인가를 생각하게 된다. 그 은혜를 받았기에 삶의 현장에서 받은 은혜를 나누며 사는 아름다움을 잃지 말아야 하겠다. 주님의 고난이 있기에 부활도 있다.

우리는 더 좋은 영광을 누리기 위하여 고난의 미학을 배워야 한다.

지구촌의 재난(災難)들

　얼마 전 미얀마에 사이클론이 몰아닥쳤다.

　사이클론이란 인도양, 대서양, 벵골만에서 발생하는 열대 저기압을 일컫는 말이다. 태풍이나 허리케인처럼 지방의 이름을 가지고 있다.

　사이클론은 보통 일 년에 평균 5-7회 정도 발생하는 것으로 알려 지고 있으며 그 규모는 태풍에 비해 작은 것으로 알려져 있다. 하지만 사이클론이 지나면 인구가 밀집한 만(灣)안의 삼각주 지대에서 홍수의 고조가 일어나 피해를 주게 된다.

　금번 미얀마의 사이클론의 피해는 상상을 초월하는 것으로 알려지고 있다. 적어도 사망자 수 만해도 수 만명 이상으로 추정되고 있기 때문이다.

　하지만 사이클론 '나르기스'로 인한 피해는 군부 상황과 정보가 취약한 상황에서 정확하게 집계되지 못하고 있는 실정이다. 중국 쓰촨성에서 발생한 대지진과는 대조적인 모습을 보여 주고 있다. 쓰촨성 지진은 정보통신의 영향으로 불과 몇 시간 만에 육십 만건 이상의 조회와 수백 만명에게 전파가 되었다고 한다.

　정보기술이 얼마나 빠른가를 실감할 수 있는 것이다.

2008년 5월14일 현재까지 파악되고 있는 지진으로 인한 피해규모는 사망자가 1만 3천 명 정도로 파악되고 있고 건물은 5십만 채 정도가 파괴된 것으로 전하여 지고 있다.(최종 집계는 이보다 큼)

그 뿐인가 ! 원촨에서는 약 6만 명 가량이 행방불명 되었으며, 청두에서는 초등학교 건물 붕괴로 45명이 사망했다. 두장옌에서는 중학교 건물 붕괴로 약 9백 명이 매몰되고 3백2십 명이 사망했다. 안샨에서는 주택이 85%가 붕괴되어 5백여 명이 사망했다고 한다. 또 베이촨에서는 건물의 80%가 붕괴되어 1천 명이 매몰되고 5천 명 이상이 사망한 것으로 전하여 지고 있다. 참으로 아비규환(阿鼻叫喚)의 현장이 아닐 수 없다.

지구촌이 대 재앙 앞에 엄청난 신음을 하고 있는 것이다. 사진으로 공개된 그 들의 죽음은 참으로 비참하기 짝이 없었다. 그러므로 인생들은 자연 앞에 겸허해야 한다. 다시말해 창조자 하나님 앞에서 겸손해야 하는 것이다. 성경은 인생들에게 말씀해 주고 있다. 말세에 처처에 지진과 기근이 있을 것을 예고하고 있는 것이다.

아무리 인간들의 기술이 발달하고 재주가 특출해도 자연의 대재앙 앞에서 울며 탄식할 수 밖에 없는 것이다. 대형 참사를 만날 때 마다 만물의 창조자이신 하나님을 기억하고 의지하는 자세가 필요하리라 본다.

세계 각국에서 원조의 손길들이 이어지고 있다. 어서속히 재난이 정비되어 정상화되고 평온을 되찾았으면 한다. 그러나 한 가지 인생들은 기억해야 한다. 세상 끝날 주님 오실 때에는 미얀마의 사이클론보다 중국 쓰촨성 지진보다 몇 백배, 몇 천배, 몇 만배 아니 세상의 계산기로는 계산할 수 없는 엄청난 심판이 예고되어 있다는 사실을 ……

따라서 인생들이 사는 비결은 무엇인가? 인생을 창조하신 하나님의 은혜로사는 길 뿐이다. 인류 앞에 어떤 공포, 어떤 두려움이 와도 서로서로 보듬어 주면서 모든 것들을 하나님께 맡길 수 있는 지혜가 필요한 때다.

지독한 기계치

요즘에 아내의 운전 연습이 한창이다. 아내가 운전 면허를 받은지는 십여년 가까이 된다. 하지만 차량을 운전하지 않았기에 거의 다 운전 감각을 잃어버린 상태다. 게다가 아내는 지독한 기계치이다. 왜냐하면 아무리 십년이 되었어도 출발정도는 할 수 있는 실력이 되어야 하지만 출발할 때에도 시동이 자주 꺼지기 때문이다.

하지만 나는 안다. 여자들이 남자들에 비해 운전감각이 둔하다는 사실을 그래서 인내심을 가지고 운전연습을 도와주고 있다.

무엇이든 처음이 어렵지, 알고 나면 못할 것이 없는 것이다. 나도 마찬가지였다. 내가 운전을 처음 시작한때는 1980년 5·18광주 민주화 운동이 발발하여 계엄령이 선포되고 모든 대학들이 휴교령에 들어갔을 때이다.

모처럼의 자유로운 시간이 주어져 무엇을 배울까 하다가 차량 운전을 선택하게 되었다. 그 때만 해도 차량 운전 면허를 가진 자가 그리 많지 않았다. 운전대를 처음 잡아 보니 그리 어렵지 않았다. 하지만 시험에 합격하기 위해서는 차량 코스에 필요한 공식을 알아야 수월하다. 하지만 나는 공식을 제대로 익히지 못하고 시험을 몇 차례 쳐 보았는데 결과는 낙방이었다.

어느 정도 운전을 한다고 시험코스를 쉽게 합격 할 수 있는 것은 아니었다. 거기다 긴장까지하니 마음대로 되 지 않는 것이 운전 코스 시험이었다. 몇 번을 쳤는지 수험표에는 수입인지로 서서히 도배가 되기 시작했다. 당시에는 운전 시험 한번 보려면 전주에서도 한 참을 더 들어가는 원당이라는 곳에 가야 했다. 거기에 운전면허 시험장이 있었기 때문이다.

낙방할 때 마다 시험장까지 가는 번거로움에 그만 중도 포기 말았다. 물론 이때 주행은 어느 정도 되는 상태에서 있었다.

그리고 세월이 흘러 1990년엔가 다시 운전대를 잡고 운전 면허시험에 재 도전하였다. 학원에 등록하지 않고 코스공식을 익히기 위해 부산의 어느 인근 시험장에서 다른 사람들이 하는 것을 지켜보았다. 합격하는 비결을 배우기 위해서다.

그리고 얼마 후 시험원서 접수를 하고 운전시험을 쳐서 합격하였다. 얼마나 다행스럽고 기쁜 일인지 모른다. 왜냐하면 운전대를 잡아 본지 십년만에 면허를 취득했으니 말이다. 아마도 내 생애에서 가장 기쁨을 주었던 합격은 운전면허 시험이 아니었나 생각이 된다. 나는 생각한다. '하나님의 은혜가 아니었으면 또 낙방하고 지금도 운전을 못했을지도 모른다고' 그러나 다행히 하나님이 은혜를 주셔서 합격하고 운전면허를 교부 받았다. 지금은 숙달이 되어 어느 정도 차량을 운전하는 실력은 되었다. 지금 그와 같은 전철을 아내가 밟고 있는 것이다.

그래서 나는 인내심을 가지고 아내의 운전을 도와준다. 어렵게 배운 것이 기억에 오래남고 더 잘 할 수 있기 때문이다. 나는 믿는다. 아내가 나보다 운전을 더 잘 할 수 있는 날이 오리라고……

물론 지금도 아내는 잘한다. 겁을 내지 않고 주위를 조금만 더 살핀다면…… 노력한다면 머지않아 정말 운전 잘 하는 날이 올 것이다.

나는 종종 운전을 하면서 그런 생각을 한다. '옛날 사람들은 도보로 다니느라 얼마나 고생이 되었을까?' 그렇다. 자전거를 배워보니 자전거 타는 기쁨이 대단했다. 오토바이를 타보니 그 속도의 쾌감역시 대단했다. 차량운전을 해보니 운전의 기쁨 또한 나름대로 대단하다.

또 하나 장점은 그만큼 시간 절약이 되고 편리하니 많은 일을 할 수 있는 것이다. 옛날에 사셨던 분들은 이런 교통 발달의 혜택을 누리지도 못하고 사셨는데 나는 이런 혜택을 누리고 산다는 생각을 하니 얼마나 감사한 일인지 모른다.

자동차의 바퀴로 달려 웬만한 거리는 단 한 두시간 만에 갈 수 있다. 얼마나 스피드한 세상인가? 나는 생각해 본다. '지금은 자동차로 다니던 것이 나중에는 공중으로 날아다니는 시대로 바뀔 것이라고 말이다.' 그때에는 얼마나 강력한 스피드가 날까? 물론 사고는 지금보다 더 많이 날 것이라 생각한다.

나는 오늘 감사하게 생각한다. '걸어 다니던 것을 자전거로, 오토바이로, 자동차로, 비행기로 바꿔 타고 다니도록 인간에게 지혜를 주시고 은혜와 혜택을 주신 하나님께.'

대표기도가 어디 쉬운가

제6부

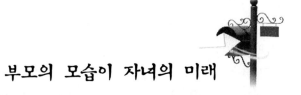

부모의 모습이 자녀의 미래

아침부터 막둥이 녀석이 이가 아프다 야단이다.

그래서 학교에 다녀와서 치과에 가보기로 했다. 아내와 함께 막둥이 녀석을 치과에 보내었는데 치과선생님이 그렇게 말하더란다. "이를 잘 닦아 주어야 하고 영구치가 다 나올 때까지는 이를 조심해서 사용해야 한다고"

문제는 이를 잘 닦아 주어야 하는데 잘 닦지 않은 것이 문제가 생겼던 것이다.

아들 녀석뿐만 아니라 사실 나도 어렸을 적에도 얼마나 이를 닦기 싫어했는지 모른다. 그도 그럴 것이 그 때에는 칫솔질해서 이를 닦는 것이 아니라 주로 손을 사용하고 재료는 주로 소금이었는데 그 감촉은 별로 좋지 않았다. 그래서 입속에 굵은 소금을 잔뜩 넣고 손가락질로 이를 닦는 것이 왠지 부담스러웠던 것이다.

지금은 이를 닦는 환경이 많이 달라졌지만 아이들은 잔소리를 하지 않으면 이를 빨리 닦지 않으려 한다.(큰 아이를 제외하고)

사실인즉 이 하나 잘 닦으려면 온갖 정성이 필요하다. 왜냐하면 적어도 음식을 먹은 후 3분 이내에 닦아야 하고(늦더라도30분 이내) 닦을 때는 약 3분정도는 닦아야 한다. 게다가 하루에 3번은 닦아야 한다. 어디 이것을 지키기가 쉬운가 말이다.

정성이 없고 부지런하지 않으면 어른들도 지키기가 어려운 것이다. 매일 매일 일상에서 습관처럼 되지 않으면 무엇이든 할 수 없는 것이다.

그렇다. 인생들은 습관을 통해 배운다. 사실 누가 태어 날 때부터 기술을 배우고 학습을 다 하고 나온 사람이 있는가! 어머니 뱃속에 있을 때 여러 가지 영향을 받는 것은 사실이나 그렇다고 태어나 자라면서 배움이 없어도 될 만큼은 되지 못한다. 태어나서부터 비로소 본격적인 교육이 시작 되어진다.

그러므로 가정에서 어떤 습관을 자녀들에게 길러 주는가? 이것은 대단히 중요하다. 예를 들면 부부간에 사랑을 나누며 사는 행복한 모습 속에서 행복한 부부가 어떤 것인가를 느끼게 될 것이고 부부간의 사랑을 체득하게 된다. 다시 말해 자녀들은 가정에서 좋은 아버지로서 역할, 좋은 어머니로서 역할을 부모를 통해 배우게 되는 것이다. 놀랍게도 결손가정에서 결손자녀들이 많이 나온다는 사실은 그것을 입증해 주는 것이다. 폭력가정에서 폭력 자녀들이 많이 나오는 것도 이 때문이다.

알코올 중독자 가정에서 알코올 중독 아들이 나올 수 있는 확률이 높다.

그러므로 가정교육은 소중하다. 부모는 좋은 부부관계를 가정에서 자녀들에게 보여 주어야 한다. 나아가 연로하신 부모님이 계시거든 먼저 자신의 부모에게 효도하는 모습을 자녀들에게 보여 주어야 한다. 그러면 자녀 들은 부모를 통해 효도를 배우게 될 것이다.

서로 이해하고 감싸주는 화목의 관계를 가정에서 보여 주어야 한다. 그러면 자녀들은 화목의 도리를 배우게 될 것이다.

자녀들은 태어나서 많은 부분들을 부모를 통해 전수 받고 자신도 모르는 가운데 학습해 나가는 것이다.

아내를 구타하고 폭력을 일삼는 아버지를 보면서 자란 자녀는 자신도 모르게 그것을 배웠을 것이다. 아니면 그 폭력이 두려워서(아버지 같이 될까봐)결혼을 쉽게 못하는 자녀들도 나오게 될 것이다. 따라서 가정은 행복이 무엇인지 잘 가르쳐 주어야 한다. 하지만 우리시대에 행복관은 많이 빗나가 있다.

어른들은 돈만 있으면 되는 것처럼 물질 제일주의로 산다. 아이들은 이 것을 보고 물질 제일 주의자가 된다. 또 어른들은 좋은 직장만 잡으면 그 만이라는 생각을 가지고 산다. 그러므로 아이들은 어떻게든 출세하고 본 다는 출세 지향주의자가 된다.

더 나아가 남의 아픔은 아랑곳 하지 않고 자신만 잘 되면 된다는 이기적 인 모습을 보면서 자란 아이들은 남을 위한 헌신과 사랑을 배우지 못한다.

가정은 소중한 곳이다. 가정에서부터 상생하며 화목할 줄 아는 아이로 가르치며 키운다는 것이 얼마나 중요한지 모른다.

더욱이 자녀들이 예수그리스도를 믿으며 이 땅에서 덕을 쌓고 선을 쌓 으며 예수님의 사랑을 실천하는 삶을 보고 배우면 얼마나 좋을까!

이 모든 것은 우리시대 부모 몫으로 남는다. 이 땅에 가정들이 행복해 지기를 바란다. 그리고 그런 가정에서 자란 자녀들이 행복 지킴이가 되어 어둔 그늘에 있는 자들에게까지 빛을 비추는 사랑의 파숫꾼들이 되어 주 었으면 좋겠다.

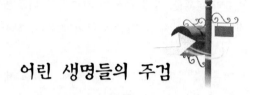

어린 생명들의 주검

중국 쓰촨성 지진이 연일 방송가에 화제가 되고 있다. 그 중에서도 학교가 붕괴 되어 어린아이들이 무너지는 학교건물에 묻혀 죽어간 이야기는 내 마음을 참으로 안타깝게 만든다. 남의 나라 이야기지만 남의 일같이 들려지지 않음은 나에게도 자식이 있기 때문인가!

지진 속에서도 일부 다른 건물들은 건재한 것도 있다는데 유독 학교건물만 허술해서 참사가 더 크다는 이야기를 들을 때 더욱 마음이 아프다. 뿐만 아니라 체육시간에 운동장에서 뛰어노는 아이들을 빼놓고는 거의 모두 다 죽었다는 이야기 역시 마음이 아프다

죽지 않았다면 그들이 다니던 학교 운동장에는 함성 소리가 나고 그들이 공부하던 교실에서는 선생님의 목소리가 들리고 공부하는 학생들의 열기와 학생들의 젊음의 냄새가 교실에 진동할 텐데 이제는 지진이 강타한 쓰촨성의 학교들은 폐허 속에 말이 없게 되었다.

이것이 삶과 죽음의 차이이다. 모든 살아있는 것들은 역동적이다. 그러나 죽은 것들은 역동적이지 못하다. '움직임' 이것은 살아있다는 증거이다. 반면 '움직이지 못함' 이것은 죽었거나 죽어가는 증거이다.

"어린이" 꽃으로 말하자면 아직 피지도 못한 꽃들인데 너무 많은 인명피해가 났다.

나는 이번대형 지진을 보면서 인간이 얼마나 나약한가! 마치 한 송이 꽃과 같이 약한 존재인 것을 느끼게 된다.

피어있을 때는 아름답고 예쁘지만 꺾여서 죽으면 추하게 되는 꽃처럼 우리의 생명도 살아있을 때는 아름답지만 죽으면 썩고 부패하게 된다. 그러므로 살아있는 자들과 죽은 자들은 함께 호흡하며 살 수 없다.

오늘 내가 살아있다는 것이 예삿일이 아님을 느끼게 된다. 한치 앞을 내다 볼 수 없는 세상 속에서 오늘 내가 호흡하며 아직은 죽지 않고 살아서 있다는 것이 얼마나 하나님의 은혜인가를 생각해 보게 된다.

모든 인생은 한번 세상에 왔다가 가기 마련이다. 살아있음에 감사하자! 아직 할 일이 있어 부르시지 않았으니 남은 정력과 체력을 주의 영광위해 쓰자!

여름철 해수욕장은 사람으로 초만원을 이룬다. 학기 중 아이들이 있는 학교는 아이들로 북적인다. 하지만 다 빠져 나가버린 겨울의 해수욕장은 적막이 흐르고 바다는 무섭게 느껴진다. 아이들이 하나도 없는 학교는 그 자체가 무서움이고, 두려움이며, 쓸쓸함이다.

우리 인생의 삶에도 반드시 겨울의 해수욕장 같은 적막함이 찾아오고 텅빈 교실같은 쓸쓸함이 찾아 올 것이다. 그 때에 쓸쓸하지 않기 위해 오늘 주님과 영원히 동행하며 사는 법을 더 많이 터득해야 할 것 같다.

그리하여 적막한 날이 찾아와도 주님 때문에 쓸쓸하거나 외롭지 않게 나를 가꾸어야 한다. 제각기 인생은 영원이란 시간이 주어진 것처럼 산다. 사실은 아닌 데 말이다.

하지만 분명한 것은 오늘이란 날에도 태어나는 이가 있고 죽어가는 이가 있다. 어떻게 어떤 모습으로 세상을 떠난다 해도 그 때 죽음과 담대하게 맞서기 위해서는 항상 준비하는 삶이 필요하다. 인생은 더 좋은 미래를 준비해야 한다.

 가장 좋은 미래가 어디인가? 그 곳이 천국이다. 하나님이 계신 영원한 곳이다. 그 곳이라면 더 이상의 죽음은 없다. 더 이상 슬픔도 없다. 더 이상의 고난도 없다. 천국이기 때문이다. 하나님을 믿고 섬기는 자만이 가는 곳이며 하나님을 아는 자만이 가는 곳이다. 그 나라가 있으니 오늘 나는 이 땅에서 위로를 받고 힘을 얻어 살 수 있는 힘이 있다. 이 땅의 인생들이여 천국을 바라보고 우리 모두 힘을 내어 일어서자!

대표기도(代表祈禱)가 어디 쉬운가

나는 초등학교 때와 중학교 때 대표기도라는 것을 해본 경험이 있다. 그 때에 경험에 의하면 눈을 감는 순간 아무 생각도 나지 않고 앞이 캄캄했다는 기억밖에 나질 않는다. 그래서 고등학교 무렵에는 동네 구역장 집에 가서 '대표기도 어떻게 하는가?' 라는 책자를 빌려와 그 책안의 문구들을 외웠던 적이 있다.

얼마나 답답했으면 그랬을까? 지금 생각해 보면 좀 유치하기도 하고 우습기도 하다. 하지만 여전히 대표기도는 쉬운 것이 아니다.

목회를 하면서 우리 교회 성도들의 기도하는 모습을 보면 지금도 많이 힘들어 하는 것을 본다.(극히 일부를 제외하고서는)

나는 그들에게 제안한다. "처음에는 적어서라도 하라고!" "그러다 보면 잘 할 수 있는 날이 올 것 이라고"

'기도를 잘 한다.' 이 말은 사실 좀 어폐가 있다. 기도는 잘 하는 것이 아니고 솔직하고 진실해야 한다. 기도는 사람에게 하는 것이 아니라 그 대상이 하나님이시기 때문이다.

그러므로 기도의 요소 중 가장 중요한 요소는 자신의 진심이 담겨야 한다는 것이다. 뜻 없는 말만 한다면 그것이 가식이요 위선이 되기 때문이다. 기도는 남에게 보이기 위해서 늘어 놓는 언어의 전시장이 되어서도 안 된다.

대표기도 시 기도는 다른 사람들 앞에서 해야 하기 때문에 대표자로서 다른 사람도 포함되어 있다는 사실을 잊지 말아야 한다. 따라서 대표기도 시에는 몇 가지 요소들을 포함해야 한다. 가정에서 하는 대표 기도라면 가정 구성원들에 대해서 기도해야 한다. 교회 안에서 하는 대표 기도라면 교회의 구성원들에 대해서 기도해야 한다.

예를 들자면 가정을 위해 기도한다고 자기와 형제만 위해 기도해서는 안 된다. 반드시 자신을 보호자인 부모님을 위해 기도해야 한다. 그 밖에 형제들과 가정의 범사에 관해서도 기도해야 한다. 교회에서 하는 대표기도 라면 교회의 구성원인 목사님과 직분 자 그리고 다른 성도들을 위해 기도 해야한다. 자신만을 위해 하는 기도는 어린 아이 때 하는 기도이다.

따라서 교회 기도에서는 그 교회를 담임하고 있는 목회자를 위하여 또 목회자를 도와서 동역하는 직분자를 위해 그리고 함께 주의 나라를 건설을 해가는 성도들을 위해서 기도해야 한다. 그 외에 교회의 부서나 행사를 위해서도 기도해야 한다.

나라를 위한 기도도 빼놓을 수 없다. 왜냐하면 우리가 속한 나라가 대한민국이기 때문이다. 나라를 위한 기도도 마찬가지이다. 대통령과 대통령을 도와서 정치하는 위정자들을 위해 기도해야한다. 기도를 생각하면 쉬운 것은 아니지만 이것이 하나님과 하는 대화라면 그렇게 어렵지 않다.

우리가 일상에서 대화를 통해 상대와 말하듯이 우리 인간들은 하나님과 대화를 나눌 때에 기도라는 형식을 빌려 대화를 한다. 까닭에 진실해야 하고 순수해야 한다.

기도를 잘하려면 어떻게 해야 하는가!

어떤 것이든 재료가 중요하다. 재료가 있어야 그 재료 가지고 훌륭한 물건을 만 들 수 있다. 기도도 이와 같다. 재료가 있어야 한다. 재료란 하나님의 뜻이다. 즉 하나님이 어떤 분 이신 줄을 알아야 바로 기도 할 수 있다. 하나님을 아는 비결은 성경 안에 있다.

성경 안에서 하나님을 발견하고 그 하나님께 대한 믿음이 확고하게 들어가면 기도는 재료가 준비가 된 것이다. 그 재료를 가지고 하나님 앞에 진솔하게 나아가 자신의 형편을 아뢰는 것이다. 물론 하나님은 부족한 기도라고 외면하지는 않으신다. 또 못 알아듣는 분이 아니시다. 마치 어린애의 요구를 그 아이의 엄마는 알아차리듯이 하나님은 그 자녀들이 비록 어눌하게 기도해도 알아 들으시고 그것을 합당하게 응답하신다. 단 대표 기도는 모두를 대표해서 하는 것이니 최소한의 구성요소에 대해서는 생각하여 기도함이 좋은 것이다.

처음에서 적어서 하는 기도라도 점차 그에게 믿음이 들어가고 그 사람 안에 주의 말씀이 들어가면 제법 기도의 내용을 잘 말하게 될 날이 올 것이다.

기도가 생각만큼 쉬운 것은 아니라도 하나님 앞에서 하면 어려운 것이 아니다. 우리는 하나님 앞에서는 모두가 다 어린아이에 불과한 자들이기 때문이다. 부끄러움을 이기고 말씀에 재료와 믿음을 갖춘다면 하나님께 합당한 기도를 할 수 있으리라 본다.

뉴질랜드의 아름다운 바다

뉴질랜드를 가 본적이 있다. 처남가족이 뉴질랜드에 이민해 살고 있기 때문이다. 방문도 하고 여행도 하기 위해서였다. 처남에게 들은 이야기인데 "그 나라는 비행기에서 내리자마자 입국 검사 때 자국 안에 다른 나라 농산물을 들여오지 못하도록 철저하게 검사 한다."

무엇 때문인가 물으니 "환경 때문이란다."

도착해서 그 나라를 살펴보니 정말 환경에 총력을 다 하는 것을 눈으로 확인 할 수 있었다. 우선 물건을 생산하는 공장들을 거의 찾아 볼 수 없었고 고층 빌딩들도 아무 데 서나 찾아 볼 수 없었다. 오클랜드나 기타 시가지 중심부를 제외하고는 도시 밖의 풍경은 전원의 상태를 거의 유지하고 있었다. 또 하나 더 놀라운 것은 빨래를 걷지 않고 밖에 두어도 쉽게 더러워 지지 않는다는 것이다. 자동차도 마찬가지로 자주 세차 하지 않아도 된단다. 심지어 집에 있는 나무 한그루도 자기 것이라도 함부로 베지 못한다는 것이다. 법에 저촉 된다는 얘기다.

이것은 무엇을 말하는가! 그 만큼 환경에 신경을 쓰고 있다는 말이다. 청정한 환경, 푸른 녹지 공간을 만들기 위한 노력하고 있었던 것이다.

뿐만 아니라 우리나라에는 농촌에도 아파트나 다 세대등이 건설 되지만 뉴질랜드에서는 주택밀집 지역을 쉽게 찾아보지 못했다. 길가에 이따금 씩 늘어서 있는 집들이 전부이다. 그만큼 인구 밀도가 적다는 이야기일 것이다. 다른 한편으로는 지진과 같은 재난을 대비하기 위함이기도 한 것이다.

나는 뉴질랜드의 여러 곳을 둘러보았다. 묘지 방문을 통해 그 들이 가지고 있는 장례문화를 보았고 박물관이나 동물원, 해수욕장, 수영장, 대형마트 등도 가 보았다. 또 한 가지 처남을 통해 들은 이야기는 "저녁 8시 이후가 되면 이곳 사람들은 발길이 뜸 해진단다."

그 만큼 밤거리가 무섭다는 이야기가 아닐까! 사건 사고가 나면 그만큼 자신이 손해이니 아예 밤거리를 활보하지 않는 것 같았다. 나는 그 말을 듣는 순간 대한민국 서울과 비교를 해 보았다. 서울은 얼마나 밤낮 없이 불야성을 이루는가! 수많은 인파들로 말이다.

한편으로는 대한민국이 얼마나 자유스런 나라인지 감사한 생각이 들었다. (사건이 안 나는 건 아니지만) 만일 우리나라에도 과거처럼 야간 통행금지라도 생기면 우리국민들이 얼마나 불편해 할까? 특히 서울 시민들 ……

이런 생각을 하니 그래도 한국에서 산다는 것이 아직은 감사할일이 많이 있음을 실감했다.

더욱이 뉴질랜드에 잘 눈에 띄지 않는 것이 또 있었다. 무엇인가 하니 기차와 같은 대중교통이다. 우리 나라처럼 지하철이나 철도가 아예 없는 것이다. 택시조차도 자주 눈에 띄지 않았다. 그렇다면 모든 것은 자가용으로 통한다는 이야기다. 운전을 못하면 참으로 불편하겠구나 하는 생각이 들었다. 더욱이 우리 나라처럼 출장 제도가 잘 되어 있지 못하다. 사실 우리나라처럼 출장 문화가 잘된 나라가 어디에 있는가! 중국집에 전화만 하면 자장면이 배달되고, 마트에다 주문만하면 배달이 오고, 어디 무엇이 고장이 나서 전화만 하면 수리 점에서 달려 오고 하는 이런 배달 문화 말이다.

하지만 그 나라에서는 웬만한 것은 자기가 다 한다는 것이다. 나는 처남이 직접 집 주위에 잔디를 깎는 모습도 보았다. 웬만한 것은 자신이 해결하는 모습이다. 처음에 이곳에 왔을 때 모든 것이 설었을 것인데 '얼마나 힘들었을까' 하는 생각이 들었다. 그러나 '매사에 억척으로 살았으니 먼 타국 환경에서 모든 것을 극복하고 잘 정착하고 살고 있지 않은가!' 하는 생각에 처남 내외가 대견해 보였다.

이국땅에서 잘 적응하고 사는 처남 내외에게 격려와 지지를 보내고 싶다.

처남 내외의 아낌없는 배려 덕분에 뉴질랜드의 이모저모를 견학하고 또한 목회 하고 있는 동기 목사님의 교회에도 방문하여 예배도 드리고 뉴질랜드 한인교회의 모습도 살펴볼 수 있었다. 정성 다해 우리 가족을 챙겨주고 인도해 주신 처남 내외와 가족에 너무 감사하다.

뉴질랜드에서 느낀 장점 세 가지만 꼽으라면 이미 말했듯이 하나는 맑은 공기와 환경이요 또 하나는 나라에서 국민에게 주는 복지 혜택이다. 각 나이에 맞는 수당이 있다는 사실이다 .학생은 학생수당, 장애인은 장애수당, 노인은 노인수당 등이다. 이런 것들이 단순이 형식적이 아니고 너무 잘 되어 있다는 점이다.(물론 나라에 세금도 많이 내는 것은 사실이지만) 부자에게 많이 받고 그렇지 못한 자에게 적게 받아 고루 나누어 주는 분배의 역할을 정부가 잘 하고 있는 것이다. 그리고 마지막 하나는 나라의 고위직에 있는 자들이 부정부패에 쉽게 연루 되지 못한다는 것이다. 그만큼 부정부패에 엄격하다는 증거가 아닐까?

좋은 점은 우리도 배웠으면 좋겠다. 지금도 가끔씩 뉴질랜드의 아름답고도 청정한 바다가 생각이 남은 어찌 된 것일까?

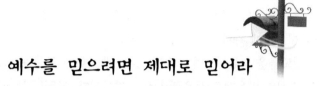

예수를 믿으려면 제대로 믿어라

우리나라에는 약 천만 정도의 기독교인구가 살고 있다. 정확하게 조사하니 팔 백만명이 좀 넘는 숫자로 밝혀지고 있다. 그 중에 독실한 신자는 몇 명이나 될까?

나는 어린 시절부터 믿음생활을 했지만 나이가 어릴 때에는 가끔씩 이런 질문을 스스로에게 하곤 했다. "내가 이렇게 해 가지고 구원 받을 수 있을까?" 거짓말도 했고 나쁜 짓도 안한 것이 아닌데……

그만큼 인간이 나약하니 생기는 질문이라 여겨진다. 나뿐만 아니라 많은 기독교인들이 지금도 이런 질문을 하리라 본다.

답은 예수 그리스도를 확실히 믿고 내안에 모시고 산다면 지난 날 잘못한 것과는 아무런 상관이 없다. 지금 내가 예수님을 모시고 산다는 믿음과 생각이 중요하다.

그렇지만 분명한 표증은 있다. 신자라면 신자다운 삶이 있어야 한다. 물론 이것은 구원을 이루는 조건이라고 말하기는 어렵다. 하지만 반드시 신자면 신자다운 삶이 있다는 것이다. 마음으로 주 예수님을 믿으면 행동도 그와 같이 나타나야 한다는 것이다.

믿는다고 말은 하지만 행동이 엉망이라면 문제가 있는 것이다.

믿음은 행동으로 표출되기 때문이다. 나는 목회를 하면서도 이 부분을 자주 점검한다. 물론 나 자신도 점검을 한다. 그리고 성도들도 바른 행동을 하는지에 대해서도 관심이 많다.

성도들을 분류해보면 그렇다. 주일 예배 한번 참석하고 그 나머지 시간은 자신의 마음대로 사용하고 사는 자들이다. 이들은 살기에 바쁜 나머지 생계를 위해 남은 시간을 사용하는 경우든지, 아니면 자신이 이미 잡아놓은 계획에 따라 어떤 모임에 간다든지 취미생활로 주일을 보내게 된다. 또한 다른 부류는 주일 오후나 저녁예배까지는 참석하는 자들이다. 이들은 주일저녁이나 오후예배까지 참석하고 나머지는 자신의 시간 계획에 따라 마음대로 사용한다. 마지막 부류는 주일은 물론이고 수요일이나 각종 기도회까지도 참석하는 자들이다.

교회 출석이 그 사람의 신앙을 결정하지는 못한다. 하지만 교회에 평소 관심 있는 사람이 교회에 다른 행사나 다른 일에도 관심을 갖는다는 것은 부인할 수 없다. 교회는 일반적인 통계를 가지고 있다. 그 통계란 주일 오전예배 출석자의 약 절반이 오후나 밤 예배에 참석하고 또 주일 오전 예배의 약 삼분의 일 정도가 수요일 예배에 참석한다는 사실이다. 교회마다 다 같지는 않지만 대략 이러한 통계에 의해 성도들이 신앙생활을 한다.

연인이 사랑에 빠지면 사랑하는 이를 자꾸 보고 싶어진다. 사랑하는 이를 만나고 싶은 것이다 이것이 사랑하는 증거이다. 이것은 인지상정(人之常情)이다. 마찬가지로 하나님과 사랑의 관계, 즉 아버지와 아들의 관계를 잘 맺으면 하나님을 만나는 것이 부담스럽지 않고 사모하는 관계가 될 것이다. 뿐만 아니라 하나님을 사랑하게 되면 하나님이 좋아 하시는 뜻을 행하기 위해 애쓰게 된다. 성도의 삶은 하나님을 기쁘시게 하는 삶이다. 그래서 하나님이 원하는 방향으로 가게 된다.

따라서 매사에 성도다운 모습이 하나님을 사랑하는 자에게서 나오게 되는 것이다.

우리나라 국회에는 많은 국회의원들이 있다. 더 나아가 이 나라에는 감격스럽게도 장로 대통령이 있다. 문제는 존재하는 것이 중요한 것이 아니라 정말 믿는 자로서 백성들에게 감동을 주는 대통령, 국회의원. 장관들이 되어져야 할 것이다. 나는 안다. 앞으로는 주일을 지키기가 더욱 쉽지 않으며 세상이 변화하니 사람들의 의식도 많이 바뀌게 되리라는 것을 말이다. 그리고 성도다운 삶을 살기가 어렵다는 사실을 ……

하지만 다 바뀌어도 바뀌지 말아야 할 것이 있다. 그것은 성도는 구별된 자라는 사실이다. 성도는 교회 안에서도 구별되어야 하고 교회 밖에서도 구별된 모습을 잃지 말아야 한다. 좀 더 근본적으로 주님의 뜻을 교회가 이루어야 한다는 것이다. 그러기 위해 교회와 성도는 이웃을 사랑하며, 나누며, 섬기는 일을 주님 오시기까지 포기하지 말고 계속해야 한다.

믿을 바엔 손가락질 받는 신자가 아니라 확실히 믿어 모두 구원에 이르고, 나라를 살리고, 사회를 살리고, 가정을 살리는 역군들이 되었으면 한다.

아름다운 그림감상

제1부

▲추상

▲고향집

▲고독

▲자태

▲옛 정취

▲생명

▲정박

▲환희

▲상생

▲만남

▲조화

▲봄의 향연

▲항아리와 열매